GW00502872

Nancy Drew
Detective

Titre original
Nancy Drew Girl Detective
*# 9 Secret of the Spa*


ISBN 13 : 978-2-7470-2143-2
Dépôt légal : juillet 2007
Loi n° 49 956 du 16 juillet 1949
sur les publications destinées à la jeunesse.

Carolyn Keene

# Sabotage !

Traduit de l'anglais (États-Unis)
par Anna Buresi

BAYARD JEUNESSE

# 1. On jase en ville

– Nancy ! Ohé, Nancy ! Redescends sur Terre !

Vautrée sur le tapis de ma chambre, je battis des cils, arrachée à mon rêve éveillé :

– Euh… pardon, Bess. Tu disais ?

Bess Marvin, une de mes deux meilleures amies, replongea son pinceau dans le flacon de vernis à ongles et, calant son pied nu contre le rebord de mon bureau, elle me lança :

– Tu ne m'écoutais pas, hein ?

George Fayne, mon autre meilleure amie, se renversa sur mon lit et commenta d'un ton rigolard :

– Cette pauvre Nancy doit être à moitié groggy à cause des émanations !

Elle fronça le nez en agitant une main devant elle, comme pour chasser les vapeurs incommodantes du vernis. Bess leva les yeux au ciel en lâchant :

– Pff !

Elle et George ont beau être cousines, elles sont aussi différentes que le jour et la nuit ! Bess est « canon », avec ses grands yeux bleus, ses longs cheveux blonds et ses robes sexy. George, en revanche, serait plutôt ce qu'on appelle un garçon manqué. Elle a des cheveux bruns et courts – le genre « sitôt lavé, sitôt coiffé », pour reprendre sa propre expression –, et porte invariablement des jeans et des baskets.

Moi, je suis à mi-chemin entre les deux, en quelque sorte. Je ne m'intéresse pas autant que Bess à la mode et au maquillage – c'est bien le diable si je mets un peu de brillant à lèvres, et encore, quand j'y pense... Il m'arrive même d'oublier de me donner un coup de peigne avant de sortir ! Mais j'aime bien faire du shopping de temps à autre, me maquiller un peu et passer une jolie tenue pour sortir avec Ned, mon copain.

Si nous n'avons pas franchement la même personnalité, nous nous entendons pourtant très bien, toutes les trois. Comme George, je m'efforce de comprendre la passion de Bess pour la mode ; avec Bess, je fais mine d'être attentive quand George, qui est fana d'informatique, se lance dans d'interminables commentaires sur son dernier gadget électronique ; de leur côté, elles sont toujours partantes pour me seconder dans mon hobby préféré : élucider des mystères. C'est une chance pour moi, car j'ai toujours adoré mener des enquêtes, même lorsque je n'étais « pas plus haute qu'un lutin », comme dit papa. D'ailleurs, je ne me lance jamais à la chasse aux énigmes à résoudre. Les crimes et délits surgissent dans mon quotidien comme par magie ! C'est à croire que je les attire...

Là, exceptionnellement, je n'étais sur aucune affaire, et je commençais à m'ennuyer ferme. J'adore flemmarder dans ma chambre avec mes amies ; mais, ce jour-là, mon esprit ne cessait de vagabonder...

Désignant les ongles de ses orteils, vernis en rose, Bess reprit :

– Donc, je me demandais combien ça coûte, un soin des pieds chez Hammam Diva.

– Il faut vraiment que tu nous bassines avec ce stupide endroit ? ronchonna George, l'air excédé.

Je la regardai avec surprise. Il était vrai que Bess n'arrêtait pas de s'extasier sur le nouveau club de beauté et de remise en forme, dont l'inauguration aurait lieu ce week-end dans notre petite ville de River Heights. C'était un peu agaçant, d'accord. Cependant George semblait carrément exaspérée, et cela ne lui ressemble pas ! En général, quand Bess parle chiffons, ça l'amuse.

Bess ne parut pas prendre garde à la réaction de sa cousine. Les yeux perdus dans le vague, son pinceau suspendu au-dessus de ses orteils, elle continua :

– Ils ne mentionnent aucun tarif dans les publicités… Vous croyez que ce sera aussi ruineux qu'on le dit ? À ce qu'on raconte, un soin du visage coûtera trois fois plus cher que chez Graine de beauté.

– Il faut amortir l'investissement d'une manière ou d'une autre, fis-je observer en me redressant pour m'adosser à mon lit. Ils ont réhabilité de fond en comble les locaux de l'ancienne confiserie. Et puis, vous avez vu la pub à la télé : leur grand bain de boue dans le style des anciens thermes romains n'a pas dû coûter trois sous !

Bess enchérit :

– Ça a l'air hyper classe. Ce serait la propriétaire, Tessa Machin-chose, là, qui les a dessinés elle-même. En tout cas, c'est la principale attraction du spa. Ils en parlent dans le journal, ce matin. Ils disent qu'on a importé soixante-quinze sortes de boues différentes d'Europe et d'Amérique du Sud. Le carrelage en terre cuite de la salle des thermes a été réalisé de façon artisanale en Espagne. Du jamais vu par ici !

J'acquiesçai. À en juger par les publicités télévisées, avec lesquelles on nous matraquait depuis deux mois, il n'y avait jamais rien eu de comparable à Hammam Diva dans notre petite ville du Midwest. On trouve un certain nombre de salons de coiffure et de centres d'esthétique, à River Heights. L'un deux, Graine de beauté, propose aussi des soins du visage et des massages corporels. Mais Hammam Diva promettait d'être un club de remise en forme comme on en trouve à New York ou à Chicago ! On pourrait y bénéficier de tous les traitements de rajeunissement et de relaxation dernier cri : bains de boue, saunas, massages, piscine... Le spa comprenait par ailleurs un restaurant végétarien et un bar à jus de fruits.

– Je parie que ça aura du succès, déclarai-je. Il y a beaucoup de gens riches à River Heights, grâce à Rackham Industries. Je suis sûre qu'ils auront envie de se faire dorloter et pomponner en grand style, même s'ils doivent payer plus cher.

Bess enchaîna :

– C'est aussi mon avis. Ce serait rigolo, non, d'assister à l'inauguration de demain et de s'offrir un soin ? On pourrait même tester ce fameux bain de boue ! acheva-t-elle avec un sourire qui fit apparaître ses jolies fossettes.

– Laisse tomber ! grogna George. Inutile de compter sur moi pour que je perde mon temps à des trucs aussi idiots !

– Oh, bon, ça va… Inutile de m'agresser ! fit Bess, vexée. C'était juste une idée, c'est tout.

Pour ma part, je dévisageai George d'un air étonné. J'étais surprise par sa véhémence. D'habitude, elle tolérait avec indulgence les marottes de Bess ! Pourquoi se mettait-elle dans un état pareil ? « Elle doit encore avoir des soucis d'argent », pensai-je. George est un vrai panier percé. Dès qu'elle a quelques économies, elle les dépense. Il lui arrive même de claquer le fric avant de l'avoir gagné ! Et, quand elle est fauchée, ça la rend drôlement susceptible…

Elle parut réaliser, d'ailleurs, que sa réaction était exagérée.

– Désolée, marmonna-t-elle en détournant les yeux. C'est juste que je commence à en avoir assez d'entendre vanter ce fichu spa. Il y a d'autres sujets de conversation, quand même !

– J'en parle tant que ça ? s'interrogea Bess, penaude. Pardon, je ne m'en rendais pas compte. Tiens, si tu veux changer de sujet : vous avez vu l'émission d'hier, à la télé ? Le truc sur…

Nous étions toujours en train de bavarder, un moment plus tard, lorsqu'on frappa à la porte de ma chambre. Comme elle était entrouverte, je n'eus qu'à lever les yeux pour découvrir papa sur le seuil. Passant la tête dans l'entrebâillement, il embrassa la scène du regard en souriant : Bess avec un pied sur le bureau, en train de se vernir les ongles ; George affalée sur le lit ; et moi vautrée par terre.

– Quelle activité ! Désolé de vous interrompre au beau milieu d'une affaire capitale, les filles ! rigola-t-il.

– Ha ! ha ! ha ! Vraiment, vous êtes désopilant, monsieur Drew ! lui rétorqua Bess. On ne vous a jamais dit que vous devriez faire du cabaret ?

Peu de gens, à River Heights, oseraient se payer la tête de Carson Drew ! Mon père est l'un des avocats les plus coriaces de notre ville, l'un de ceux qui ont le mieux réussi, et sans doute le plus estimé. Mais Bess et George, qui le connaissent depuis leur enfance, ne se laissent guère impressionner par sa réputation.

Hors d'un tribunal, papa est un homme tendre, drôle et affectueux – et c'est sous ce jour-là qu'elles le voient.

Je me demande parfois à quoi aurait ressemblé ma vie si ma mère n'était pas morte alors que j'avais trois ans… Quoi qu'il en soit, c'est papa qui m'a élevée, et je suis très proche de lui. J'ai aussi beaucoup de mal à imaginer ce que serait mon existence sans Hannah Gruen, notre gouvernante. Elle habite avec nous depuis toujours et fait partie de la famille.

Papa poussa la porte et entra en lançant d'un ton espiègle :

– Vous avez intérêt à vous montrer un peu moins ironiques, mesdemoiselles ! Sinon, je ne partagerai pas avec vous le cadeau qu'on vient de me faire !

– Un cadeau ? Lequel ? s'enquit vivement George, qui adore avoir quelque chose pour rien.

– Eh bien, dit papa en plongeant la main dans sa poche, je viens de régler une affaire pour Tessa Monroe, la propriétaire de Hammam Diva. Il faut croire qu'elle a apprécié mes services : elle m'a donné trois entrées pour sa grande inauguration de demain !

Il sortit les tickets et les brandit en continuant :

– Ma foi, ce n'est pas un soin du visage qui rajeunira de dix ans ma vieille binette ! Quant aux saunas, j'en ai une peur bleue. Alors, je me suis dit : Voyons voir… je dois bien connaître quelqu'un qui aurait l'usage de ces invitations, non ?

– Oui, moi ! Nous ! hurla Bess d'une voix suraiguë.

Elle bondit hors de son siège, manquant de renverser le flacon de vernis sur mon bureau. Elle le redressa juste à temps, puis se rua vers papa et s'empara des billets comme s'ils allaient se volatiliser d'une seconde à l'autre.

– Oh, merci, merci ! s'écria-t-elle. On parlait justement de l'inauguration ! C'est si excitant !

Amusé par son enthousiasme, papa reprit :

– Tout le plaisir est pour moi ! En tout cas, si vous y allez, les filles, prévenez Hannah et ses amies du club de bridge. Elles étaient juste après vous sur ma liste.

– Hannah aimerait avoir une entrée ? s'enquit Bess, soudain inquiète.

Je pouffai. Hannah est considérée comme « une belle femme » – ce qui signifie, je crois, qu'elle est séduisante tout en ayant horreur des chichis. Elle n'est pas du genre à faire des frais de toilette ou de coiffeur, et ses cheveux poivre et sel sont coupés court. Elle ne refuserait sûrement pas un billet gratuit pour voir une pièce de théâtre, une exposition florale, ou même pour visiter le zoo. Mais aller se faire pomponner dans un spa ? Jamais de la vie !

Décochant un sourire et un clin d'œil complice à mon père, je dis à Bess :

– Pas de problème en ce qui concerne Hannah, Bess, sois tranquille. Merci, papa ! C'est gentil d'avoir pensé à nous !

– De rien. Bon, je me sauve, j'ai un ou deux coups de fil à passer avant le dîner. Au fait, Nancy, ce sera prêt dans une demi-heure.

– Entendu, papa.

Il se hâta de retourner dans son bureau. Je levai les yeux vers Bess qui contemplait, éblouie, les trois billets.

– Le rêve de ta vie se réalise ! ironisai-je gentiment. Si je comprends bien, on aura droit au grand bain de boue, demain.

– Ça m'en a tout l'air, maugréa George.

– Allons quoi, un peu d'enthousiasme ! la houspilla Bess. Ne fais pas cette tête ! Tu ne vas quand même pas te plaindre d'être invitée !

– Tu veux parier ? grommela George.

Je lui lançai un regard aigu.

– Ça promet d'être amusant, non ? fis-je, intriguée de la voir continuer à renâcler alors qu'elle n'en serait pas de sa poche. Je ne suis pas plus fana que toi des salons de beauté, mais ce sera rigolo de visiter la fameuse merveille et de se faire dorloter.

Elle haussa les épaules, conservant une expression butée et renfrognée.

J'échangeai un regard déconcerté avec Bess. Il n'était pas étonnant que George ne soit pas emballée à la perspective d'une journée de soins de beauté tous azimuts. En revanche, elle était toujours partante pour essayer quelque chose de nouveau, surtout si c'était *gratuit* !

– George... est-ce que ça va ? s'inquiéta Bess.

– Évidemment ! Pourquoi me demandes-tu ça ?

– Pour rien. C'est juste que tu ne sembles pas très chaude pour y aller, et...

– Mais qu'est-ce que tu vas chercher ? la coupa George. Oh, bon, si tu tiens tant que ça à tes enveloppements de boue, je veux bien essayer aussi.

– Ah, quand même ! m'écriai-je en même temps que Bess.

Et nous échangeâmes un large sourire.

En descendant au rez-de-chaussée quelques

minutes plus tard, nous trouvâmes Hannah dans la cuisine, occupée à pétrir un mélange dans un grand bol. Elle fredonnait à mi-voix, tandis qu'une grosse marmite ronronnait sur le feu et que l'odeur alléchante de sa chaudrée de fruits de mer emplissait la pièce. Réglée sur la chaîne d'informations locale, la petite télé encastrée au-dessus du plan de travail bourdonnait en sourdine.

– Mmm ! fis-je. Que ça sent bon !

Hannah leva les yeux vers moi en souriant et annonça :

– Ce sera bientôt prêt.

Bess, dont le regard était braqué sur le petit écran, s'écria soudain :

– Hé, vous avez vu ! Ils parlent de Hammam Diva !

Elle alla augmenter le son tandis que George, levant les yeux au ciel, commentait d'un ton sarcastique :

– Super ! Ça va nous changer…

Je m'approchai de l'écran miniature, et je reconnus la journaliste – une très belle femme d'une cinquantaine d'années, avec une superbe chevelure blond platine.

– C'est Marletta Michaels ! m'exclamai-je. Ça alors ! Je croyais qu'elle ne faisait que les grands reportages. Sur les infos vraiment importantes, quoi, et…

Je m'interrompis en voyant la mine de Bess, et achevai un peu piteusement :

– Enfin, vous me comprenez...

– Tu as raison, Nancy. Mais n'oublie pas que c'est aussi une végétarienne militante, me rappela George.

– Oui, je sais, dis-je, me remémorant un récent reportage en deux volets de Marletta Michaels, vantant les bienfaits de la diète végétarienne. Quel rapport ?

– Enfin, Nancy, tu vis dans un autre monde ou quoi ? me fustigea Bess. Je me demande comment tu peux être aussi futée et organisée quand il s'agit de mener une enquête, et aussi tête en l'air pour le reste...

Loin de me formaliser, je souris jusqu'aux oreilles. Ce refrain m'était familier ! Le commentaire râleur de Bess n'était jamais qu'une énième variation de ce que me serinaient mes amies, mon père, Hannah ou Ned chaque fois que je sortais avec des chaussettes dépareillées ou que j'enfermais mes clefs de contact dans le coffre de ma voiture.

– Eh bien, mets-moi au parfum, fis-je. C'est quoi, le rapport ?

– Hammam Diva ne propose que des trucs bio et végétariens, répondit-elle. Je suis sûre que Marletta Michaels s'y intéresse à cause de ça.

En effet, en prêtant l'oreille aux propos de la journaliste, je constatai qu'elle vantait le menu du restaurant du spa :

– «…entièrement sans viande, déclarait-elle en mettant l'accent sur ces derniers mots. Un souffle d'air frais dans notre région, c'est sûr. Je serai la première à goûter leur chili maison, strictement végétarien. Je passe maintenant l'antenne à Stacey Kane, qui va nous parler des répercussions de cette ouverture sur une de nos entreprises locales. »

Une autre journaliste apparut sur l'écran : une jolie jeune femme blonde, postée face à la devanture de Graine de beauté.

– Elle va prendre le pouls de la concurrence, j'imagine, déduisit George.

La jeune journaliste commença à interviewer les propriétaires de Graine de beauté : deux dames au look de mamies, arborant des blouses roses sur d'impeccables combinaisons pantalons. Si Stacey Kane affichait une mine soucieuse, les deux « mamies », elles, ne cessaient de sourire.

– Quelle honte ! s'insurgea Hannah. Les propriétaires de Graine de beauté ont réussi à bâtir un commerce prospère. J'espère que ce spa ne va pas leur rafler toutes leurs clientes.

– Ça n'aurait rien d'étonnant, commenta

George, assombrie. Un espace commercial aussi vaste et aussi luxueux pourrait causer leur faillite.

Je me détournai de l'écran alors qu'on diffusait une publicité et fis observer :

– Ce n'est pas si sûr. Les deux commerces ne visent pas la même clientèle, à mon avis. Graine de beauté n'a rien de commun avec un centre de remise en forme. Ce n'est qu'un salon de coiffure, où les clientes peuvent aussi avoir d'autres prestations.

– Nancy a raison, approuva Bess. D'ailleurs, Hammam Diva semble vouloir attirer celles qui fréquentent le country club, et ces femmes-là ne vont pas se faire couper les cheveux ou nettoyer la peau chez Graine de beauté : elles se rendent dans une grande ville, ou un truc comme ça !

– Peut-être, dit George, accoudée au plan de travail. N'empêche ! Je ne voudrais pas contribuer à ruiner deux dames aussi gentilles. On ferait mieux d'aller chez Graine de beauté, demain, histoire de soutenir le commerce local.

– Non, mais qu'est-ce qui te prend ? lui demandai-je, dominée par la curiosité. Pourquoi es-tu si hostile à Hammam Diva ? On dirait que tu as une dent contre eux. Qu'est-ce que c'est ? Tessa Monroe t'a bousculée dans la rue et a fait tomber ta glace à la crème, ou quoi ?

George détourna les yeux.

– À propos de glace à la crème, c'est bientôt l'heure de dîner, fit-elle. Et, si je dois passer mon samedi chez ces fichus végétariens, j'ai intérêt à aller me remplir la panse !

Là-dessus, elle quitta la cuisine en trombe, et nous entendîmes décroître son pas rageur dans le couloir. Puis la porte d'entrée s'ouvrit avec un déclic et se referma dans un claquement sec.

– Eh bien !..., lâchai-je. C'est juste une impression, ou elle se comporte d'une manière bizarre ?

– Franchement, ça me dépasse, dit Bess, qui haussa les épaules, puis se dirigea à son tour vers le couloir. Mais on en reparlera une autre fois : c'est George qui m'a amenée en bagnole ! Bon, à demain !

Elle sortit précipitamment tandis que je gagnais la pièce voisine pour courir à la fenêtre. Bess rejoignit sa cousine juste à temps ; cette dernière allait partir sans elle. Dès qu'elle fut montée en voiture, George démarra sur les chapeaux de roues.

Je les regardai disparaître au bout de l'allée, stupéfaite. George nous cachait quelque chose, c'était clair !

# 2. Inauguration

– Quelle cohue ! s'exclama Bess. On est loin d'être les seules à s'intéresser à Hammam Diva, dites donc !

Nous étions le lendemain samedi, et je venais de descendre de voiture avec mes amies après m'être garée à un ou deux pâtés de maisons du spa. Nous avions cherché une meilleure place de stationnement, mais, de part et d'autre, la rue était envahie de voitures. Quelqu'un avait même garé un gros VTT en travers de l'accès d'un restaurant italien chic, à quelques mètres du club de beauté ; un policier de River Heights était en train de verbaliser tandis que, près de lui, un homme paré d'un tablier blanc et d'une toque gesticulait avec énervement.

– Ça se bouscule au portillon ! enchéris-je.

Je dus m'écarter alors que deux femmes d'âge mûr, bavardant avec animation, allaient prendre la file d'attente qui ne cessait de s'allonger devant l'entrée du spa.

Tandis que nous en approchions, je jetai un coup d'œil alentour. Hammam Diva était situé dans un des quartiers commerçants les plus agréables de notre petite ville : un réseau de rues ombragées d'arbres où abondaient magasins et restaurants. Le spa était encadré par une boutique de vêtements de luxe et un jardin public. Juste en face, de l'autre côté de la rue, il y avait une animalerie haut de gamme, Au chien chouchouté, et d'autres boutiques de vêtements. Plusieurs patrons et employés étaient sortis sur le trottoir, observant le remue-ménage devant Hammam Diva.

– Toute cette affluence amènera peut-être des clients aux commerces voisins, fit observer Bess. Le spa attire du monde, c'est le moins qu'on puisse dire. Alors, il y aura bien des gens qui auront envie de faire un peu de shopping dans le coin, non ?

– On ne va quand même pas parler marketing ! protesta George. Je croyais qu'on devait s'amuser, moi !

Bess et moi éclatâmes de rire en hochant la tête d'un air approbateur. George semblait de meilleure humeur que la veille, et c'était tant mieux ! Elle s'était même mise en frais pour l'occasion : elle portait des lunettes de soleil branchées et un des chapeaux chics de sa cousine. « Elle devait être mal lunée, hier », pensai-je. Cela peut arriver à tout le monde, il n'y avait pas de quoi en faire un réveillon.

Comme nous parvenions devant le spa, j'embrassai l'ensemble du regard. Le bâtiment lui-même avait subi de nombreuses modifications depuis sa construction. C'était aujourd'hui un immeuble moderne qui s'harmonisait parfaitement avec les édifices anciens, plus traditionnels, qui l'environnaient. Sa façade en stuc, peinte d'un vert clair nuancé de beige et subtilement patinée de rouille, était évocatrice de sérénité. Un peu en retrait par rapport au trottoir, elle était précédée d'un petit jardin de rocaille à la japonaise, qu'une passerelle en teck traversait jusqu'à l'entrée. Le hall d'accueil était visible de la rue grâce à d'immenses baies, allant du sol au plafond. Bess siffla, épatée :

– Ouah ! C'est encore plus *cool* en vrai qu'à la télé !

Distraite par un brouhaha au début de la file

d'attente, je ne répondis pas. J'avais remarqué une silhouette familière.

– Vous avez vu, près de l'entrée ? fis-je à mes amies. Marletta Michaels !

Elles regardèrent comme moi la journaliste, plantée à quelques mètres de la queue, un micro calé sous son aisselle. Elle vérifiait son maquillage dans un face-à-main, faisant bouffer ses cheveux blonds, qui s'amoncelaient au-dessus de son crâne en un chignon extravagant. Un caméraman costaud se tenait non loin d'elle, caméra à l'épaule, prêt à tourner. Ils étaient accompagnés par une jeune femme au teint laiteux, avec des lunettes rondes en écaille, des cheveux noirs aux boucles indisciplinées, vêtue d'un T-shirt aux armes de River Heights News, une chaîne de télévision locale. Lestée de plusieurs sacs à bandoulière, elle semblait anxieuse.

Bess commenta en souriant :

– Marletta ne plaisantait pas en disant qu'elle testerait le chili végétarien !

À cet instant, la jeune femme brune, quittant son équipe, se précipita vers la camionnette blanche de River Heights News, garée de l'autre côté de la rue, en manquant de se faire écraser par une berline. Elle monta dans la camionnette et en ressortit presque aussitôt avec un nouveau sac. De retour auprès de Marletta, elle farfouilla dans le sac et en tira un tube de fard pour retoucher le maquillage de sa patronne.

– Ça ne doit pas être marrant tous les jours, d'être l'assistante de Marletta ! commentai-je.

Bess hocha la tête ; George, elle, ne réagit pas. Je jetai un coup d'œil dans sa direction et vis qu'elle s'était renfrognée. Elle fixait quelque chose derrière nous, le regard noir. Je me retournai, et compris.

– Deirdre Shannon, murmurai-je.

J'avais aussitôt reconnu, bien sûr, la jolie brune de mon âge qui se trouvait au début de la file d'attente avec un groupe de dames très bien vêtues. Nous connaissons Deirdre depuis toujours, mes amies et moi. Mais nous sommes loin d'être dans ses petits papiers. Tout au contraire !

– C'était couru qu'elle vienne ! grommela Bess. Quelle barbe !

– Vous croyez qu'on peut se tirer avant qu'elle nous repère ? glissa George.

Trop tard ! Comme à point nommé, Deirdre leva les yeux et nous vit. Ayant adressé quelques mots à ses compagnes, elle se dirigea vers nous.

– Et zut ! lâchai-je.

– Salut, Nancy ! lança Deirdre, nous abordant avec un sourire glacial. Bonjour, Bess ! Bonjour, *Georgia*.

Elle accentua à dessein le véritable prénom de George, que celle-ci a toujours eu en horreur. Ni Bess ni moi n'avons beaucoup d'atomes crochus avec Deirdre. Mais ce n'est rien par comparaison avec George ! Elles se détestent cordialement, selon la formule consacrée.

Deirdre continua avec une surprise outrée :

– Qu'est-ce que vous fichez ici ?

On aurait cru qu'elle venait de repérer trois clochards dans une réception huppée !

– En quoi est-ce que ça te regarde, *DeeDee* ? lui rétorqua George.

Deirdre tressaillit : elle ne supporte pas qu'on l'appelle par son surnom d'enfance. Je décochai un coup de coude à George pour la mettre en garde. Deirdre est si snob et si méprisante qu'il est difficile de ne pas lui répliquer sur le même ton. Pourtant, il vaut mieux éviter de la contrarier. Elle est rancunière comme pas deux, et vraiment teigneuse. En fait, la méchanceté est un de ses péchés mignons, de même que claquer l'argent de ses parents, parader au country club et mener à la baguette son petit ami du moment. Pas étonnant qu'elle change de copain comme de chemise…

Je me contraignis à lui sourire et commençai poliment :

– Nous sommes venues pour…

Je n'allai pas plus loin : un éclat de voix avait retenti à peu de distance. Jetant avec curiosité un coup d'œil alentour, je vis qu'un petit groupe de gens se dirigeait vers l'entrée du spa. Plusieurs d'entre eux portaient un T-shirt vert imprimé d'un chêne stylisé : le logo des écologistes de la région. Un jeune homme maigre et dégingandé aux cheveux blondasses et filandreux, au regard allumé, marchait en tête. Il brandissait une pancarte et agitait le poing en direction de la foule tout en hurlant d'une voix rauque. Je clignai les yeux pour tenter de déchiffrer l'inscription de la pancarte ; en vain.

– C'est Thomas Rackham, non ? fis-je.

– Pff ! Thomas Rackham *junior* ! rectifia Deirdre.

– Houlà ! fit George. Il a l'air remonté ! Il a déniché une nouvelle cause à défendre, on dirait. La survie d'un insecte en voie de disparition, j'imagine.

Même Deirdre consentit à sourire à cette saillie. Thomas Rackham Jr est un membre plutôt insignifiant de la richissime famille de River Heights dont la fortune s'appuie sur le consortium informatique local : Rackham

Industries. Thomas est un peu plus âgé que moi, et j'ai déjà eu l'occasion de l'approcher, car papa l'a sorti de prison à plusieurs reprises. Dans notre région, tout le monde sait qu'il a la manie de s'engager dans les causes les plus extrémistes – perdues ou obscures, de préférence.

– C'est lui qui s'est enchaîné à ce vieux saule de Riverside Park, au printemps dernier, non ? demanda George.

J'acquiesçai.

– Il contestait la décision du conseil municipal, qui voulait l'abattre avant qu'il s'écroule sur quelqu'un, précisai-je. Papa a dû manquer une partie de tennis pour tirer Thomas d'affaire. Allons voir de plus près ! Je veux savoir contre quoi ils protestent, cette fois.

Comme nous nous frayions un passage à travers la foule, mollement suivies par Deirdre, je vis que plusieurs personnes photographiaient les manifestants. Je réalisai alors que Marletta Michaels n'était pas la seule à couvrir l'inauguration du spa : je remarquai un journaliste de la presse écrite que j'avais rencontré à plusieurs reprises, ainsi qu'un reporter d'une autre chaîne de télévision locale. Je ne pus retenir une grimace. Les démonstrations de Thomas n'étaient sûrement pas le genre de publicité que

Tessa Monroe recherchait pour l'ouverture de son spa !

À ce moment-là, Tessa en personne sortit du hall. Je ne l'avais jamais croisée, je ne la connaissais que par les images de la télévision. C'était une grande et belle femme d'une trentaine d'années, au teint café au lait, aux cheveux bruns lissés en chignon. Le reporter que j'avais repéré l'aborda aussitôt.

Entre-temps, nous nous étions rapprochées de Thomas Rackham et de ses amis. J'arrivai enfin à comprendre les slogans qu'ils scandaient : « Ni boue, ni bains ! Rendez aux tortues leur terrain ! »

Quant à la pancarte de Thomas, ornée du dessin d'une tortue, elle proclamait : « Pas de caution pour l'expropriation ! »

– Des *tortues* ? souffla George en regardant autour d'elle d'un air perplexe. Ah…

Il n'y avait pour tout espace naturel, dans les parages, que le petit jardin public situé à côté. Faisant quelques pas en avant, je tentai d'attirer l'attention de Thomas entre deux slogans.

– Ohé ! Salut ! lui criai-je.

Il se tourna vers nous en plissant les paupières :

– Nancy ? Nancy Drew ? C'est bien toi ?

– Salut, Thomas ! lui lançai-je en souriant.

Ravie de te revoir. Alors, qu'est-ce que vous fabriquez ici ?

– On veut faire fermer cet endroit ! déclara-t-il en bombant le torse et en désignant Hammam Diva d'un geste de grand seigneur. Il est construit sur le seul habitat indigène d'une rarissime tortue terrestre du Midwest.

– Ah ?

Je balayai du regard le paysage urbain, puis je m'éclaircis la gorge et repris :

– Euh… tu es sûr que ça vaut la peine de te démener ? On est en pleine ville, ici ! Ça m'étonnerait que ce secteur soit ramené à son état d'origine.

– Les tortues ne peuvent pas se défendre, répliqua Thomas avec un regard farouche. Alors, c'est à nous de le faire pour elles ! Il faut sauver les tortues !

Je ne pus lui répondre. Marletta Michaels avait surgi de la foule, micro en main et flanquée de son caméraman.

– Pardon, excusez-moi ! lança-t-elle d'une voix forte. River Heights News en direct !

– Faut que j'y aille ! me dit précipitamment Thomas en agitant sa pancarte. Salut, Nancy ! Au fait, tu préviendras ton père que je lui téléphonerai peut-être tout à l'heure. Si ça se passe bien. Tu vois ce que je veux dire…

Il désigna le car de police qui venait de se garer en double file, gyrophare en marche, et sourit avec espoir.

Marletta Michaels et les policiers se ruèrent d'un seul mouvement vers Thomas et le groupe de manifestants. Je m'écartai, entraînant mes amies. Je crus que Deirdre allait nous suivre ; mais, lorsque je me retournai, je la vis qui faisait bouffer ses cheveux noirs et se pinçait les joues : elle préférait essayer de passer à la télé plutôt que de nous empoisonner la vie !

– Hé, les filles, si on allait la saluer ? suggérai-je en désignant Tessa Monroe qui, seule, à l'entrée, observait d'un air préoccupé le branle-bas suscité par Thomas et sa bande.

George haussa vaguement les épaules ; Bess, elle, approuva :

– Bonne idée !

– Bonjour, dis-je en abordant la propriétaire du spa. Vous ne me connaissez pas, m…

– Mais si, je te connais ! me coupa-t-elle, le visage éclairé d'un grand sourire. Tu es Nancy Drew ! J'ai vu ta photo dans le bureau de ton père. Et dans la presse, bien entendu. Je suis ravie que tu sois venue !

Je m'empourprai, tandis que Bess et George souriaient jusqu'aux oreilles. Je n'ai pas froid aux yeux quand il s'agit d'affronter un criminel ou un témoin récalcitrant, mais je ne suis jamais très à l'aise lorsque les gens dans la rue me reconnaissent à cause de ma célébrité de détective amateur.

Je remerciai Tessa Monroe et lui présentai Bess et George.

– C'est vraiment chic de votre part, d'avoir donné des invitations à papa, déclarai-je.

– Je suis contente que vous en profitiez ! Je compte sur vous pour me donner votre avis sur…

– Pardon ! l'interrompit une voix stridente. Pourriez-vous nous dire encore un mot, madame Monroe ?

Il me sembla que Tessa étouffait un léger soupir en se tournant vers Marletta Michaels, qui se précipitait vers elle, flanquée de ses acolytes.

– Bien sûr, répondit-elle poliment. À condition que ce soit bref. Je dois retourner à l'intérieur sans tarder.

Marletta acquiesça d'un signe, s'assura du regard que son caméraman filmait et, levant son micro, commença :

– Je suis avec Tessa Monroe, propriétaire et directrice de Hammam Diva. Madame Monroe, une réaction à propos de la manifestation qui se déroule en ce moment même devant votre club ?

Des militants écologistes s'inquiètent de ce que votre entreprise ait privé de son habitat naturel une espèce de tortue en voie de disparition.

Je retins avec peine un éclat de rire. Thomas Rackham et sa bande de zouaves ne méritaient guère le titre d'écologistes !

Tessa répondit avec calme :

– Je suis favorable à toutes les causes environnementales, bien sûr. Hammam Diva est installé sur un site occupé depuis plus de soixante-quinze ans – c'était encore tout récemment la confiserie industrielle Carr. Alors, je ne vois pas quel est le but pratique de cette manifestation, même si je souhaite à ces militants de réussir à préserver une espèce menacée. Et maintenant, si vous voulez bien m'excuser… Je dois superviser une livraison d'eau minérale.

Marletta chercha à la retenir en la mitraillant de questions, mais Tessa s'éloigna sans se retourner.

– Oh, bon, soit, marmonna la journaliste d'un air vaguement irrité. Lulu, as-tu enregistré la déclaration de cette jeune manifestante avec un T-shirt imprimé d'un pingouin ?

– Oui, Marletta, répondit avec empressement la jeune assistante. Pas de problème.

Je m'attardai quelques instants avec mes

amies pendant que le caméraman braquait de nouveau son appareil sur Marletta. Soudain, j'entrevis Deirdre qui se dirigeait vers nous d'un air prétentieux. C'était le moment de s'éclipser !

– Sauve qui peut ! soufflai-je à mes amies en leur décochant un coup de coude pour les alerter. On a intérêt à éviter qui vous savez si on veut être tranquilles.

– Bon plan, approuva George.

– On pourrait essayer de se faufiler à l'intérieur, suggéra Bess. Avec les invitations que ton père nous a données, on a sûrement priorité, Nancy.

– J'ai une meilleure idée, déclara George en la saisissant par un bras pour l'entraîner vers l'angle du bâtiment.

Je leur emboîtai le pas, et nous nous retrouvâmes bientôt dans l'étroite allée qui courait entre le mur de Hammam Diva et la grille d'enceinte du jardin public. Dès que nous fûmes hors de vue de la foule – et de Deirdre ! – nous ralentîmes, plus détendues.

– Bon, et maintenant qu'est-ce qu'on fait ? lançai-je à George.

– Je n'en sais rien, lâcha-t-elle. J'ai pensé que ce serait intéressant de voir l'extérieur avant d'entrer.

– Génial ! commenta Bess. Il paraît qu'il y a un jardin de méditation à l'orientale, derrière. Si on jetait un coup d'œil ? Entre-temps, la file d'attente se sera peut-être raccourcie.

– D'accord, allons-y, acceptai-je sans me faire prier.

J'ouvris la marche, me dirigeant vers l'angle du bâtiment. Nous en étions à quelques pas lorsque des éclats de voix nous parvinrent :

– ... et si tu n'étais pas si cupide, on n'aurait pas ce problème ! tonnait une voix d'homme.

Une voix féminine lui répondit d'un ton plus mesuré :

– Calme-toi, OK ? Essayons d'en discuter en adultes.

– C'est Tessa, non ? chuchota Bess.

Je hochai la tête. J'avais moi aussi reconnu le timbre mélodieux de la propriétaire du spa. La fureur de son interlocuteur ne m'échappait pas non plus. À dire vrai, elle était alarmante ! Quand quelqu'un est fou de rage, les choses tournent vite mal. Inquiète pour Tessa, je tendis l'oreille. C'était inutile ! L'inconnu explosa avec tant de violence qu'il nous fit tressaillir toutes les trois :

– J'en ai ma claque de discuter ! Alors,

écoute bien ce que je te dis, Tessa : quand j'en aurai fini avec toi, tu n'auras plus qu'à fermer ce bazar !

# 3. Erreur de taille

Avant que nous ayons pu réagir, des pas précipités retentirent à l'angle de l'immeuble. Un instant plus tard, Tessa apparut, les joues empourprées, le regard flamboyant de colère. Elle s'arrêta net en nous apercevant.

– Oh, lâcha-t-elle. C'est vous, les filles…

Puis, remarquant nos expressions choquées, elle enchaîna avec un soupir :

– Vous avez entendu, je suppose ?

– Y a pas de souci, dit Bess, la première à reprendre ses esprits. Vous n'avez pas à fournir d'explications. Nous nous sommes trouvées là par hasard.

– Bah, tant pis ! fit Tessa en haussant les

épaules. C'était Dan, mon détestable et peu discret ex-mari. Il a toujours eu un caractère de cochon ! Ça nous a occasionné pas mal de difficultés… Il ne décolère pas parce qu'il n'a pas pu s'assurer la part du lion lors du partage de nos biens. Grâce à ton père, Nancy. C'est lui qui m'a représentée au moment de notre divorce, acheva-t-elle avec un faible sourire.

Je marquai involontairement ma surprise. Lorsque papa m'avait dit qu'il avait traité une affaire pour Tessa, j'avais supposé qu'il s'agissait d'un contrat de propriété ou une licence professionnelle… quelque chose en relation avec le spa. Je n'aurais pas dû tirer de conclusions aussi hâtives. Ce n'était pas digne d'une bonne détective !

– En tout cas, continua Tessa, maintenant que j'ai démarré cette affaire, Dan me menace d'un procès pour obtenir la moitié des bénéfices. À moins qu'il ne cherche à m'entraîner dans un engrenage de frais juridiques pour me mettre sur la paille et m'obliger à fermer. Mais, s'il s'imagine qu'il va m'intimider, il se trompe !

Je serrai les mâchoires : j'avais été frappée par la violence de Dan.

– Vous devriez alerter la police ! lui suggéraije. Le commissariat est juste à deux pas.

Tessa sourit :

– Ne t'inquiète pas, Nancy, Dan ne me posera aucun problème. Au fond, c'est un lâche. Il veut gâcher ma journée, c'est tout. C'est la seule raison de sa présence.

Je hochai la tête, acceptant son explication. Après tout, c'était son ex-mari, elle le connaissait donc bien. Pourtant, j'étais inquiète. Certaines enquêtes que j'ai menées par le passé m'ont appris que, parfois, les lâches peuvent s'avérer les plus redoutables ennemis qui soient !

Tessa consulta sa montre et reprit :

– Vous n'avez pas encore vu l'intérieur, j'imagine ?

Comme nous faisions signe que non, elle enchaîna en souriant :

– Alors, suivez-moi. Je vais recommander qu'on vous traite comme des VIP !

Quelques instants plus tard, nous traversions avec elle le hall d'accueil envahi de monde. À mi-chemin du bureau des hôtesses, elle s'arrêta pour saluer plusieurs personnes qui patientaient dans la file d'attente. Celle-ci s'étirait maintenant sur presque toute la longueur du pâté de maisons. Comme nous attendions de continuer notre route avec Tessa, je remarquai Deirdre qui faisait le pied de grue non loin de là. Elle nous dévisagea d'un air étonné.

George l'aperçut, elle aussi.

– Hou hou ! cria-t-elle en la hélant à grands gestes. Salut, Deirdre ! Alors, toujours coincée dans la file ? Quel dommage ! Bon, à tout à l'heure… si tu arrives à entrer, bien sûr !

Pour une fois, Deirdre fut réduite au silence. Elle se contenta de nous foudroyer du regard.

Bien que je m'efforce, en général, de ne pas encourager George dans sa bisbille avec Deirdre, je ne pus m'empêcher de rire. Puis, comme Tessa avait fini de bavarder, nous la suivîmes, grillant tout le monde, à l'intérieur du spa.

Pendant une grande heure, nous prîmes plaisir à tester plusieurs soins luxueux que le club de beauté proposait à ses clientes. Enfin, il serait plus juste de dire que nous y prîmes plaisir, Bess et moi… Car George – après s'être réjouie un bon moment d'avoir mouché Deirdre – était redevenue nerveuse. Elle semblait incapable de se détendre et profiter de notre aubaine. Cependant elle n'était pas aussi bougonne que la veille, c'était toujours ça !

À notre arrivée, on nous mena dans un vestiaire pour nous faire passer des nuisettes en coton biologique très doux, puis des peignoirs duveteux. Nous échangeâmes nos chaussures contre de confortables chaussons. Au début, cela faisait un drôle d'effet de se balader ainsi en public. Mais on s'y habituait vite : autour de nous, tout le monde était en peignoir ! Après plusieurs soins et un nettoyage de peau, nous nous retrouvâmes allongées sur le ventre dans une salle feutrée, où trois charmantes hôtesses en uniforme nous dispensèrent un massage relaxant au son d'un morceau de musique classique.

– Aaaah ! soupira Bess, humant les effluves de vanille et de citronnelle qui flottaient dans l'air. Ça, oui, c'est la belle vie !

– J'approuve, murmurai-je d'une voix ensommeillée en me détournant à demi vers elle.

L'hôtesse qui frictionnait les muscles de mes épaules ralentit ses mouvements rythmiques ; et je vis du coin de l'œil que la masseuse de George se redressait.

– Et voilà, Miss Fayne, déclara-t-elle. J'espère que la séance vous a été agréable.

– Bien sûr, merci, dit George, sautant sur ses pieds. Bon, les filles, on a eu droit à un soin facial, une séance de manucure, on a goûté du germe de blé et je ne sais quels autres trucs, on s'est fait épiler, on a eu un massage… Alors, on s'en va, maintenant.

– Ah non ! protesta Bess. Je ne pars pas sans avoir vu le grand bain de boue !

– On a rendez-vous aux thermes à quinze heures, dis-je.

La masseuse de Bess et la mienne achevèrent leur tâche presque en même temps. Je me relevai à contrecœur et m'étirai.

Les trois employées se retirèrent pour nous laisser nous rhabiller. George renfilait son peignoir d'un air rembruni.

– Il faut vraiment qu'on traîne ici jusqu'à trois heures ? grommela-t-elle. Bon sang, il n'est même pas encore midi ! Tessa a dit qu'on serait traitées en VIP, non ? Alors, on n'a qu'à faire avancer ce rendez-vous ! Comme ça, on pourra s'en aller plus tôt.

– Pourquoi ? dit Bess en fronçant les sourcils. Il y a encore plein d'autres choses à essayer : le sauna, le restaurant…

Elles étaient toujours en train de se chamailler, un instant plus tard, lorsque nous sortîmes dans le couloir principal et faillîmes heurter Marletta Michaels et son caméraman. Celui-ci était toujours en tenue de ville ; Marletta, elle, portait un peignoir et des pantoufles de Hammam Diva. Ils étaient escortés par des hôtesses. Je m'étonnai de constater que la journaliste était toujours sur place. La dernière fois que j'avais traversé le hall d'accueil, j'avais remarqué que la plupart des reporters étaient partis. En revanche, Thomas Rackham et les protestataires s'attardaient encore à l'extérieur, où un car de police veillait au grain. Je me demandai si Marletta ne cherchait pas à tirer parti de la présence des manifestants pour corser son reportage sur l'inauguration du spa.

– Rebonjour, mesdemoiselles ! nous lança-t-elle.

Elle se tourna vers moi :

– Tu es Nancy Drew, n'est-ce pas ? Il me semble bien t'avoir interviewée l'année dernière.

– En effet, répondis-je. Enchantée de vous revoir !

En fait, Marletta m'avait interviewée à plus d'une reprise ! Presque chaque fois que j'avais élucidé un crime ou un mystère local. Mais peu importait…

– Tout le plaisir est pour moi, m'assura-t-elle jovialement. Écoute, Nancy, est-ce que vous accepteriez, tes amies et toi, de parler de votre expérience ici ? J'aimerais beaucoup illustrer mon reportage avec une ou deux interviews de première main.

– Très volontiers ! répondit Bess, souriante. George adore passer à la télé, et…

Elle s'interrompit net, regardant par-dessus mon épaule d'un air intrigué. Ayant suivi la direction de son regard, je vis que George disparaissait à l'angle du couloir avec la rapidité d'un personnage de dessin animé. Pour un peu, on aurait cru voir sous ses pantoufles deux petits nuages de poussière dessinés à la plume !

– Aïe ! fis-je. Si je comprends bien, George n'est pas chaude pour donner une interview. Désolée, Marletta. Mais nous serons ravies de vous dire quelques mots, Bess et moi ! Surtout après le massage fabuleux qu'on a eu…

– Formidable ! s'écria la journaliste.

Elle regarda autour d'elle d'un air un peu rembruni et bougonna :

– Où est passée Lulu ? Jamais là quand on a besoin d'elle ! Bref… Mike, ma coiffure est nickel ?

– Rien à redire, patronne, répondit le caméraman d'un ton blasé.

Et, levant sa caméra, il commença à filmer. Marletta porta la main à son chignon, haussa les épaules, puis plaqua un sourire éblouissant sur son visage.

– Bonjour, River Heights ! lança-t-elle dans son micro d'un ton enthousiaste. Me voici avec de charmantes jeunes filles qui profitent d'une journée de soins chez Hammam Diva…

Elle acheva son introduction et nous demanda de nous présenter aux téléspectateurs. Enfin, elle nous posa quelques questions sur nos expériences de la matinée, auxquelles nous répondîmes de notre mieux. J'ignore ce que ressentait Bess ; pour ma part, j'avais du mal à ne pas éclater de rire en commentant la qualité des algues qu'on avait appliquées sur mon visage !

– Eh bien, conclut Marletta, vous passez un excellent moment, on dirait ! J'espère que vous allez tester le restaurant ! Il propose un menu entièrement végétarien.

– Ça, on est au courant ! pouffa Bess. George n'a pas arrêté de râler à ce sujet.

– Ah ? fit Marletta, rembrunie. Elle n'est pas végétarienne, si je comprends bien ?

– Nous non plus, admis-je en haussant les épaules. Mais nous allons quand même…

– Vous êtes carnivores ? Comment pouvez-vous prendre ça à la légère ? me coupa Marletta, cessant aussitôt d'être tout sucre tout miel. Vous semblez intelligentes, pourtant ! Vous devriez comprendre que la consommation de viande fait perdurer l'élevage industriel qui détruit notre Terre !

– Du calme, boss, intervint à mi-voix le caméraman.

Elle lui jeta un regard dédaigneux avant de continuer à notre intention :

– Savez-vous qu'il existe un lien direct entre l'élevage intensif des bovins et la destruction de la forêt tropicale humide ? Je vous incite à vous informer ! Selon une étude récente, soixante-quinze pour cent d…

– Bon, très bien, intervint une employée du spa, une femme d'âge mûr au physique séduisant. Nous avons suffisamment retenu ces charmantes clientes. Merci de votre obligeance, mesdemoiselles. Acceptez que Hammam Diva vous récompense en vous offrant un dessert gratuit au repas de midi… Vous n'aurez qu'à vous recommander de Janine.

Elle nous adressa un sourire d'excuse, puis leva les yeux au ciel à l'insu de Marletta. Je lui décochai un clin d'œil complice.

– Merci, dis-je. Mais nous avons répondu volontiers, il n'y a pas de souci.

– Je voulais leur dem…, commença Marletta d'un ton courroucé.

Nous n'entendîmes pas la suite. L'hôtesse l'entraînait d'un pas vif vers l'autre extrémité du couloir en lui suggérant de ne pas harceler la clientèle. Haussant les épaules, le caméraman les suivit.

– Ça valait son pesant de cacahuètes ! fis-je

en riant dès que le groupe fut hors de portée de voix. Dommage que George ait manqué ça ! Elle lui aurait cloué le bec !

– À ce propos, dit Bess, tu ne trouves pas que George se comporte bizarrement ?

Elle faisait allusion au curieux numéro d'escamotage de George.

– Oui, plutôt ! En fait, elle est comme ça depuis hier, non ? Elle n'avait aucune envie de venir ici. J'ai d'abord cru que c'était pour la raison habituelle…

– Moi aussi. Je sais qu'elle est fauchée depuis un bonne quinzaine de jours et qu'elle a besoin de liquide pour je ne sais trop quoi. Je croyais que c'était à cause de ça qu'elle râlait contre cet endroit. Alors, quand ton père nous a filé les invitations, j'ai supposé que ça la calmerait.

– Oui. D'ailleurs, elle avait l'air un peu moins crispée, en arrivant…

Je secouai la tête, dépassée, me demandant si je n'avais pas été confrontée à une énigme sans m'en apercevoir… Comment ne m'étais-je pas encore avisée que l'attitude de George était trop étrange pour être imputée à son perpétuel manque d'argent, ou à son dédain pour le goût effréné de Bess pour la fanfreluche ?

– Alors, que fait-on ? me lança mon amie.

– Pour commencer, il faut qu'on la retrouve. Si on se séparait pour mieux balayer le terrain ? On se donne rendez-vous dans une vingtaine de minutes.

Bess fut d'accord, et nous partîmes à la recherche de George chacune de notre côté. J'explorai rapidement les endroits les plus susceptibles de l'avoir attirée : le salon de repos, la boutique de cadeaux, la piscine. Mais elle n'était nulle part.

Comme j'errais dans le secteur des soins capillaires pour voir si elle était là avant de rejoindre Bess, une délicieuse odeur de nourriture me vint aux narines.

– Mais oui ! murmurai-je. Une bonne bouffe !

George adore manger, et l'heure du déjeuner approchait ! Elle n'avait cessé de râler au sujet du menu végétarien. Mais j'aurais tout de même parié que son odorat – et son estomac ! – n'avaient pu manquer de la guider jusqu'au restaurant de Hammam Diva.

Me fiant à mon sens olfactif, je déambulai dans le dédale des couloirs vers la source de ce fumet alléchant. Je parvins bientôt près d'une porte où figurait une plaque : RÉSERVÉ AU PERSONNEL. Je jetai un coup d'œil par l'entrebâillement et entrevis un couloir désert.

Cette partie du spa, aussi calme et impeccable que le reste des lieux, ne bénéficiait pas de l'éclairage tamisé du secteur ouvert au public ; et l'odeur y était plus forte. Longeant ce couloir, je ne tardai pas à déboucher sur la double porte des cuisines. J'avançai la tête en écartant les battants et lançai :

– Bonjour ! Il y a quelqu'un ?

Pas de réponse. J'embrassai du regard la vaste salle nette et bien éclairée. Il y avait plusieurs ustensiles de diverses tailles sur de larges foyers de cuisson ; des légumes émincés grésillaient doucement dans une poêle. Il n'y avait qu'un élément discordant dans ce décor : les lieux étaient déserts. Je supposai que le chef s'était absenté un moment.

Alors que j'allais me retirer, un gargouillis de mon estomac me retint sur place. Le parfum des jus de cuisson mêlé à celui des épices était si alléchant que je ne résistai pas à la tentation : je me mis à la recherche du plat qui exhalait ce fumet délicieux, pour le commander à coup sûr lorsque j'irais au restaurant. J'aperçus une grosse marmite qui chantonnait doucement sur une énorme plaque de cuisson en inox.

– Miam ! murmurai-je, les paupières closes, humant les effluves qui s'en échappaient. On croirait le sublime *chili con carne* de papa !

Et, là, je rouvris les yeux. « Minute ! pensai-je. Ça sent les haricots *au bœuf* ? Dans un restaurant végétarien ? » Puis je souris : « Je déraille. C'est un plat qui y ressemble, c'est tout. »

Poussée par un instinct mystérieux, je fis un pas en avant et, me dressant sur la pointe des pieds, je vis ce qui mijotait dans la marmite : haricots, céleri, carottes, et tout un tas de morceaux qui ressemblaient terriblement à... de la viande !

« C'est peut-être un genre de tofu ?... », spéculai-je.

Je ne crois pas vous avoir déjà parlé de mes pressentiments. Eh bien, quand je suis sur la piste d'un mystère, il m'arrive de ressentir une curieuse sensation au creux de l'estomac, une sorte de picotement qui préfigure la découverte d'un fil conducteur, d'un indice. Papa prétend que c'est un mélange de savoir – les informations que j'ai réunies sur l'affaire – et d'intuition. Bess affirme que je possède un sixième sens qui me permet de détecter les choses étranges. Quant à George, elle déclare tout net que j'ai « un don à faire froid dans le dos ».

Toujours est-il que j'eus à cet instant un de mes fameux pressentiments. Je me dis que je ferais bien de jeter un coup d'œil alentour :

décidément, quelque chose clochait dans ce décor paisible ! J'examinai le contenu des marmites les plus proches et n'y trouvai rien de surprenant, si ce n'est, dans l'une d'elles, une variété de légume que je ne connaissais pas. M'étant avisée que la poignée de chaque ustensile portait une étiquette, j'appris que le légume inconnu s'appelait « cardon ».

Puis je remarquai une grosse poubelle près de la porte. Elle débordait de détritus. Quelques boîtes étaient tombées par terre. Je m'en approchai, intriguée par un emballage en polystyrène blanc qui dépassait du tas. Un liquide rougeâtre dégouttait du plateau en polystyrène. Quant à l'étiquette, elle indiquait : « BŒUF PREMIER CHOIX » !

# 4. Ça se complique !

Je me hâtai d'aller relire l'étiquette accrochée à la marmite, en me disant que je n'avais peut-être pas bien compris les déclarations de Marletta. Il n'était pas impossible, après tout, que le restaurant de Hammam Diva ne soit pas *strictement* végétarien. Il proposait peut-être quelques plats réservés aux amateurs de viande, tout comme bien des restaurants traditionnels proposent aussi un ou deux mets à base de légumes.

Eh bien, non, pas d'erreur ! L'étiquette de la marmite indiquait « chili végétarien ».

Je ne venais certes pas de découvrir un grand crime ; mais il m'apparut aussitôt qu'un tel fait, s'il venait à être divulgué, causerait un grave préjudice à l'entreprise de Tessa. D'autant que Marletta Michaels se trouvait sur place, à l'affût de tout ce qui pouvait pimenter son reportage.

Alors que je me demandais comment réagir, une petite femme ronde fit irruption dans la cuisine par la porte de derrière, hochant la tête et marmonnant avec irritation. Elle avait un visage joufflu et rose, d'épaisses boucles noires que retenait à grand-peine une résille d'hygiène ; sur sa blouse blanche, elle portait un badge avec son prénom : Patsy. Elle tressaillit en m'apercevant près des fourneaux.

– Oh, bonjour ! Tu t'es égarée ? Le spa est par là, me dit-elle en désignant la double porte que j'avais franchie.

– Je m'appelle Nancy Drew, me présentai-je. Êtes-vous la cuisinière en chef ? Il y a quelque chose que vous devriez voir.

– Mais… d'où sors-tu ? fit-elle d'un air dérouté. Je viens juste de m'absenter…

Son visage jovial se rembrunit, mais ce n'était visiblement pas moi qui la mettais de mauvaise humeur.

– Ah là là, on m'a encore dérangée pour rien ! Il aurait mieux valu qu'ils livrent directement les laitues ici…, marmonna-t-elle, l'air préoccupé.

Voyant qu'elle m'avait presque oubliée, j'attirai son attention sur la marmite. Elle eut un haut-le-corps, saisit une louche pour prélever un peu de chili, et s'écria :

– Nom d'un ch... ! Mais qu'est-ce que c'est ? C'est toi qui as fait ça ? C'est toi qui as mis cette *viande* pendant que j'avais le dos tourné ?

Elle avait prononcé le mot « viande » du ton dont elle aurait dit « poison » !

– Pas du tout ! affirmai-je. J'arrive à l'instant. L'odeur m'a alléchée et j'ai regardé dans la marmite...

Lâchant la louche, Patsy porta les deux mains à ses tempes, et des larmes jaillirent de ses yeux.

– Tout était impeccable ! s'écria-t-elle. Qui a pu faire une chose pareille ? Si Tessa l'apprend, elle croira que c'est ma faute ! Je vais me faire écharper ! Surtout après ce qui s'est passé la semaine dernière !

– C'est-à-dire ? Qu'est-ce qu'il y a eu ? demandai-je avec curiosité.

Patsy demeura un instant le regard fixe, puis se ressaisit :

– La semaine dernière ? Eh bien, il s'est produit un incident lors de la réunion des employés avant l'inauguration. Les cuisines n'étaient pas encore tout à fait opérationnelles, alors, nous avions tous apporté un panier-repas. Une des filles s'était préparé un sandwich à la dinde. Tessa a réagi comme si elle avait sorti une grenade dégoupillée, ou Dieu sait quoi ! Elle s'est mise à hurler, prétendant qu'amener de la viande ici nuirait à notre crédibilité. À cause de la mauvaise publicité que ça pourrait nous faire, tu comprends. Et elle a viré la petite *illico*.

– Elle n'y va pas de main morte ! fis-je, sidérée d'apprendre que cette femme si douce ait pu réagir avec autant de rigueur pour un fait somme toute anodin.

– Surtout, ne va pas te méprendre, s'empressa de dire Patsy. Cette fille n'en était pas à sa première infraction. À croire qu'elle cherchait les ennuis depuis le début : toujours en retard, toujours à fouiner, se fichant du règlement… Mais bon, quand même…

Hochant la tête, elle jeta un regard désolé vers la marmite.

Je sais depuis longtemps que les gens sont prêts à n'importe quoi pour couvrir une mauvaise action. Et que le coupable le plus plausible, quel que soit le cas de figure, est la personne qui avait le plus aisément accès au lieu du crime ou du délit. Donc, Patsy devait être considérée comme un suspect potentiel.

Mais j'avais également appris à me fier à mon propre jugement ; or j'avais la nette impression que la cuisinière était aussi étonnée que moi de trouver de la viande dans le chili. D'ailleurs, pour quel motif aurait-elle fait une chose pareille ?

Suspects, motifs, lieu du crime… tiens, j'avais commencé à raisonner en termes professionnels. Autrement dit… j'étais sur une nouvelle affaire !

Quelques employées entrèrent à cet instant, et toutes se lamentèrent sur le chili gâché. Mettant à profit leur distraction, je jetai un rapide coup d'œil sur les lieux, en quête d'indices éventuels.

Exception faite de l'emballage de viande dans la poubelle, il n'y avait là rien que de très ordinaire. De toute évidence, Patsy aimait la netteté et la propreté : aucune trace de doigts ne maculait la surface en inox du fourneau. En me penchant pour regarder de plus près, cependant, j'aperçus un petit amas coincé derrière un des boutons : des cheveux, semblait-il. Domptant une légère répugnance, je tirai dessus. C'étaient bien des cheveux longs, blonds et raides. Donc pas ceux de la cuisinière, qui les avait noirs et bouclés !

– … chercher Tessa.

– Euh… pardon ? fis-je, réalisant que Pasty se tournait vers moi.

– Tessa sera horrifiée, dit-elle avec nervosité tandis qu'une aide-cuisinière se précipitait hors de la pièce pour aller avertir la propriétaire du spa.

En effet, lorsque Tessa arriva sur les lieux, quelques minutes plus tard, et apprit de quoi il retournait, elle s'écria d'un air catastrophé :

– Oh, bon sang ! Comment est-ce arrivé ?

– Je n'y suis pour rien ! déclara Pasty. Il faut me croire, Tessa !

Tessa lui serra l'épaule d'un geste compatissant, mais la cuisinière n'y prit pas garde. Elle jeta un regard du côté de la porte.

– Vite, chuchota-t-elle en s'emparant d'un large couvercle pour recouvrir la marmite. Il faut sortir ça d'ici avant qu…

– Houhou ! Il y a quelqu'un ? lança à cet instant une voix joviale.

Je tressaillis : Marletta Michaels était sur le seuil, flanquée de son caméraman et de son assistante, évidemment.

Un instant interdite, Tessa parvint à se ressaisir. Elle s'avança en souriant.

– Rebonjour, Marletta, dit-elle avec calme.

Et, plaçant une main sur le bras de la journaliste, elle l'amena subtilement à pivoter sur elle-même et tourner le dos à la marmite de chili. Aussitôt, la cuisinière fourra la grosse cocotte dans un four, puis brassa l'air avec une manique d'un geste fébrile pour tenter de dissiper l'odeur de la viande. De leur côté, les aides-cuisinières se mirent en devoir de détourner l'attention du caméraman et de l'assistante.

– Qu'est-ce qui vous amène ? demanda aimablement Tessa à Marletta. Je vous croyais au bain de boue.

– J'y allais, répondit Marletta, lorsque mon petit doigt m'a soufflé de venir ici. Un scoop m'y attendait, paraît-il.

Tessa sursauta. Pour ma part, je fronçai les sourcils. Décidément, ça sentait le roussi – et l'odeur ne venait pas des marmites !

– Votre petit doigt ? C'est-à-dire ? fis-je en m'avançant. Qui vous a suggéré de venir ici ?

– Oh, te revoilà, Nancy ! s'exclama Marletta. Eh bien, c'est mon assistante... Elle a surpris certains propos, je crois. Lulu ! Viens voir un peu !

La jeune femme se hâta d'approcher, enveloppée dans un peignoir de Hammam Diva.

– Oui, Marletta, qu'est-ce qu'il y a ? s'enquit-elle avec empressement. Tu as déjà découvert de quoi il s'agit ?

– Pas vraiment. Dis-moi, Lulu, qu'est-ce

qui t'a donné à penser qu'il se passait quelque chose d'inhabituel, ici ?

Lulu haussa les épaules :

– Eh bien, j'étais aux lavabos il y a un instant, et deux femmes sont entrées en chuchotant. Tout ce que j'ai entendu, c'est qu'il y avait du souci aux cuisines. Un truc scandaleux, manifestement.

Elle hésita, puis continua d'un air anxieux :

– Je suis vite sortie des toilettes pour en savoir davantage, mais elles étaient déjà parties.

– Avez-vous été frappée par un détail significatif ? demandai-je. Vous avez dit qu'il s'agissait de deux femmes… Avaient-elles un accent étranger ou une autre particularité – par exemple, une voix très aiguë ou très grave ?

Lulu cilla, l'air dérouté :

– Non, je n'ai rien remarqué de tel. Euh… qui es-tu ? Tu travailles ici ?

Je n'eus pas le temps de répondre : des pas retentissaient dans le couloir. Faisant volte-face, je vis entrer Bess et George.

– Nancy ! s'écria Bess. Enfin, te voilà ! On t'a cherchée partout !

George, elle, jeta un coup d'œil dans la cuisine, puis tourna aussitôt les talons et s'éclipsa.

« Qu'est-ce qui lui prend ? » pensai-je. Mais

le moment était mal choisi pour m'attarder sur sa conduite déroutante. Je devais me soucier avant tout du micmac qui venait de se produire ici. M'étant excusée auprès de Tessa et des autres, j'entraînai Bess à l'écart, dans un recoin proche du seuil, et m'assurai que personne ne pouvait nous entendre et ne prêtait attention à nous.

Marletta et son assistante parlaient avec Tessa ; le caméraman, avec les employés. Patsy et une aide-cuisinière s'affairaient aux fourneaux.

– Que se passe-t-il ? me chuchota Bess. Et où est George ? Je la croyais derrière moi.

– T'occupe, fis-je. Écoute…

Je la mis au courant des événements. Elle écarquilla les yeux lorsque je lui parlai de ma découverte, et son regard se porta malgré elle vers la poubelle. Je fis de même et m'aperçus que quelqu'un – Patsy ou une employée, sans doute – avait balancé un énorme carton sur le tas, dissimulant le paquet révélateur.

– Mince ! s'exclama Bess quand j'eus fini. Ce n'est pas de chance que Marletta ait déboulé à ce moment-là. Mais il n'y a pas de quoi s'affoler. C'était sûrement une erreur. Quelqu'un a dû se tromper, mettre la viande dans le mauvais récipient.

– Tu n'y es pas du tout ! m'exclamai-je à mi-voix. La viande n'a rien à faire dans un restaurant végétarien !

– C'est juste, lâcha Bess. Bonne remarque.

J'allais enchaîner, mais je m'aperçus que Lulu, l'assistante de Marletta, se hâtait dans notre direction. Elle passa cependant devant nous sans nous accorder un regard et se rua hors de la pièce. À en juger par son visage pâle et anxieux, sa patronne avait dû la charger d'une tâche urgente. Avec un peu de chance, Marletta avait renoncé à en avoir le cœur net en ce qui concernait le « scoop » mijotant en cuisine…

– Je ne jurerais pas que l'arrivée de Marletta soit une coïncidence, révélai-je à Bess lorsque nous fûmes de nouveau isolées. Son assistante a surpris des propos dans les toilettes, et je me demande…

– C'est un scandale ! tonna soudain une voix à l'entrée.

Deirdre venait de faire son apparition, rouge comme une pivoine et l'air furibond. Elle portait un peignoir de Hammam Diva. Ses cheveux étaient enveloppés d'une serviette.

– Il ne manquait plus que ça ! marmonna Bess tandis que Deirdre se dirigeait vers Tessa. Qu'est-ce qu'elle fiche ici, celle-là ?

– Je l'ignore, mais elle a le don de débouler quand il ne faut pas. Comme si Tessa avait besoin de subir une de ses crises hystériques, en plus ! Je te parie qu'elle va se plaindre de la marque du shampooing, ou un truc de ce genre.

– Plutôt du masque qu'on lui a appliqué sur la figure, décréta Bess. Tu as vu ? Elle est rouge comme une tomate !

Quelle que fût la raison de la mauvaise humeur de Deirdre, j'étais irritée par son irruption intempestive en présence de la journaliste. J'espérai que Tessa saurait la calmer avant qu'elle ne se déchaîne – et que Marletta, dépitée par le manque d'action aux cuisines, se lancerait dans un reportage sur Deirdre. J'imaginais très bien l'accroche : « UNE CLIENTE DE HAMMAM DIVA TRANSFORMÉE EN HOMARD ! »

Deirdre ne parut pas s'apercevoir de ma présence ni de celle de Bess. Elle passa devant nous en trombe, s'arrêta pile devant Tessa et, les poings plantés sur ses hanches, elle lança :

– J'ai à vous parler !

– Oui, bien sûr ! Un instant, je vous prie, répondit Tessa sans cesser de sourire – bien qu'elle eût pâli légèrement.

Elle se tourna vers Marletta :

– Ce ne sera pas bien long. Si vous alliez

avec Patsy ? Elle va vous préparer une farandole des plats du jour. Comme ça, vous serez la première à goûter à ses délicieuses spécialités.

Marletta parut ravie de la proposition, même si elle ne manqua pas de jeter un regard intrigué vers Deirdre.

– Entendu, fit-elle.

Appelée par Tessa, Patsy accourut. Un instant plus tard, elle et Marletta étaient déjà occupées à choisir des échantillons de mets et à les disposer sur une assiette de dégustation à l'autre bout de la cuisine. Le caméraman les rejoignit, alléché.

Je m'approchai de Tessa et de Deirdre, suivie par Bess. Je m'interrogeais toujours sur la présence de la viande dans le chili. Pour quelle raison avait-on saboté ce plat, et de cette manière ? C'était une étrange tactique pour provoquer des remous ! Même si je n'avais pas découvert par hasard le… pot aux roses, Patsy se serait avisée du fait dès son retour à la cuisine. Donc, le chili à la viande n'aurait pas été servi aux clients. Si l'assistante de Marletta n'avait pas surpris une conversation dans les lavabos, personne, en dehors du personnel, n'aurait été au courant de l'incident. Bref, cette stratégie ne tenait pas la route – sauf s'il s'agissait d'une sorte d'avertissement ou de menace, destinée à Tessa.

J'étais si absorbée par mes déductions que je ne prêtai guère attention aux protestations courroucées de Deirdre. Mais, lorsque Bess eut une sorte de haut-le-corps, je tressaillis en murmurant :

– Mmm ? Qu'est-ce qu'il y a ?

– … et j'aurais pu être tuée ! hurla Deirdre.

Cette fois, elle avait toute mon attention !

– Hé, qu'est-ce qui se passe ? m'exclamai-je en faisant quelques pas vers elle. Que t'est-il arrivé, Deirdre ?

Constatant enfin ma présence, elle m'adressa un regard dédaigneux. Elle répondit cependant à ma question :

– Comme je disais, j'étais dans un sauna privé pour me détendre après une séance de pédicure, et, tout à coup, il a commencé à faire très chaud. Beaucoup trop. Je suis allée voir, et j'ai compris ! Quelqu'un avait remonté la température du thermostat extérieur de trente degrés pendant que je prenais mon bain de vapeur !

# 5. L'union fait la force

– J'aurais pu mourir ébouillantée ! râla encore Deirdre en se retournant vers Tessa.

– Je suis vraiment navrée, mademoiselle Shannon ! déclara cette dernière, l'air alarmé. Je ne comprends pas comment cela a pu se produire. La température des saunas est censée être stable. Je vous assure que nous ferons notre possible pour vous offrir une compensation ! Si vous voulez bien me suivre dans le couloir…

Un instant, Deirdre se tut, butée, et je redoutai un refus de sa part. Je levai les yeux vers Marletta, juste à temps pour constater qu'elle lançait des regards curieux dans notre direction. « Pourvu qu'elle ne rapplique pas ! »

me dis-je. J'étais plus que convaincue qu'il se passait de drôles de choses chez Hammam Diva. Et je voulais démêler le mystère avant qu'il ne fasse la une des infos !

Poussant un gros soupir, Deirdre lâcha enfin à contrecœur :

– Soit, je vous accorde une deuxième chance. Uniquement parce que maman vous aime bien.

Elle continua à mon intention :

– Tessa fait partie de la Ligue des parcs et jardins. Tu sais, bien sûr, que Mère en est la cofondatrice et la trésorière.

Je faillis lever les yeux au ciel. La Ligue des parcs et jardins est une des associations les plus snobs de River Heights. Elle organise une ou deux fois par an de grandes manifestations tape-à-l'œil afin de recueillir des fonds pour les espaces verts de notre ville, et ses membres se réunissent pour parler de plantes, en principe. Mais elle ne mérite pas pour autant le titre de « club de jardinage », à mon avis. Je suis prête à parier que la plupart de ses adhérentes n'ont jamais mis leurs doigts manucurés dans le terreau !

– J'apprécie votre geste, dit Tessa à Deirdre avec sincérité. Allons-y !

Tandis qu'elle entraînait Deirdre dans le

couloir, je regardai discrètement du côté de Marletta : elle n'avait pas bougé de sa place. Cependant elle était toujours en train de nous observer avec curiosité.

– Aïe ! Elle ne va pas tarder à venir fouiner par ici, murmurai-je à Bess. Tu veux bien distraire son attention pendant que j'aide Tessa à calmer Deirdre ?

– Compte sur moi ! lança mon amie.

Elle rajusta son peignoir et se dirigea aussitôt vers l'autre bout de la cuisine, un grand sourire aux lèvres. Je ne pus m'empêcher de sourire aussi. Bess a un don tout particulier pour capter l'intérêt des gens. S'il s'agit d'un spécimen du sexe masculin, il lui suffit en général d'agiter sa chevelure blonde et d'exhiber son ravissant sourire à fossettes. Les femmes aussi se laissent séduire par son charme et sa personnalité attachante.

Lui laissant le soin d'accaparer l'attention de Marletta et des autres, je me dépêchai de gagner le couloir. Ni Tessa ni Deirdre n'étaient visibles. Je ne tardai pourtant pas à les trouver à la lisière du hall d'accueil. Postée devant un miroir accroché au-dessus d'une table basse, Deirdre scrutait son reflet en se tamponnant le visage avec le coin humide de la serviette qui enveloppait ses cheveux ; Tessa s'adressait à elle d'un ton apaisant. Toutes deux levèrent les yeux à mon approche.

– C'est un entretien privé ! siffla Deirdre.

Je l'ignorai délibérément.

– Tessa, j'ai une question à vous poser, dis-je. C'est assez personnel, mais je crois que c'est important.

L'air surpris, elle acquiesça.

– Entendu. Je connais ta réputation, Nancy. Et on dirait que je pourrais avoir besoin de ton aide ! Un incident bizarre, passe encore. Par contre, deux…

Elle s'interrompit, regarda brièvement Deirdre puis le couloir désert, et se tourna enfin vers moi :

– Je t'écoute.

– C'est au sujet de votre ex-mari.

– Dan ? En quoi est-il concerné ?

– Eh bien, tout à l'heure, vous avez affirmé qu'il est furieux de votre divorce et qu'il ne serait pas fâché de vous voir aller à l'échec. Cela ne semblait pas vous inquiéter outre mesure, mais avec ce qui s'est passé… Le croyez-vous capable de saboter votre affaire ?

Elle pouffa :

– Sûrement pas ! D'ailleurs, tous les membres de mon équipe le connaissent de vue. S'il s'était introduit ici, je l'aurais su !

Les employés de Tessa n'auraient sans doute pas manqué de signaler la présence de Dan ; cela, je voulais bien le croire. Cependant, Hammam Diva n'était pas une citadelle imprenable ! L'ex-mari de Tessa aurait pu s'y faufiler s'il l'avait voulu – ou envoyer un tiers faire le sale travail.

Je pensai au petit amas de cheveux blonds que j'avais trouvé dans la cuisine, et m'avisai que je n'avais pas la moindre idée du physique de Dan.

– Soit, concédai-je. J'aimerais tout de même savoir une chose : quelle est la couleur de ses cheveux ?

– C'est drôle que tu abordes ce sujet ! Il proclame à qui veut l'entendre qu'il est naturellement blond. Il en est drôlement fier ! Pourquoi me poses-tu cette question, Nancy ?

Deirdre, qui n'avait cessé de s'admirer dans la glace, jeta à ce moment-là un coup d'œil vers nous par-dessus son épaule :

– Excusez-moi, mais la victime, ici, c'est moi ! C'est moi qui suis brûlée au visage !

– Je ne vous ai pas oubliée, Deirdre, soyez tranquille, répondit Tessa en levant discrètement les yeux au ciel. En fait, je me proposais de vous offrir des entrées gratuites. Par ailleurs, nous vous rembourserons l'argent que vous avez dépensé aujourd'hui, bien entendu. Nous vous offrons aussi le déjeuner, ainsi qu'aux dames qui vous accompagnent.

– C'est la moindre des choses, marmonna Deirdre, qui s'était cependant un peu radoucie.

Alors que j'allais poursuivre mon interrogatoire, la propriétaire de Hammam Diva parut avoir l'esprit ailleurs.

– Si vous voulez bien m'excuser, nous dit-elle, il faut que j'aille inspecter ce sauna et faire vérifier le fonctionnement du thermostat. Il ne s'agit peut-être que d'un accident de réglage…

Elle ne semblait pas très convaincue, et je ne l'étais pas davantage. Comme elle l'avait elle-même observé, un incident unique pouvait être mis sur le compte du hasard. Mais *deux* ? Aussi rapprochés l'un de l'autre, qui plus est ? Il pouvait s'agir d'une coïncidence, certes. Il n'empêche, mon expérience m'a appris qu'il faut toujours y regarder de plus près lorsqu'on est confronté à une coïncidence bizarre.

Tessa se hâta vers les saunas, me laissant seule avec Deirdre. Je me surpris à observer cette dernière tout en réfléchissant à sa mésaventure. Elle était de nouveau plongée dans l'examen de son visage, qui avait viré du rouge écarlate au mauve.

Pauvre Tessa ! Elle jouait de malchance ! Le

saboteur avait frappé juste au moment où Deirdre prenait un bain de vapeur – elle qui était du genre à faire un scandale au moindre inconvénient !

Enfin… était-elle réellement une victime, dans cette histoire ? Si c'était *elle* qui avait trafiqué la température du sauna dans le but d'obtenir des entrées ou une gratification à vie ?

Je repoussai vite cette hypothèse. Deirdre était parfaitement capable d'être sournoise et manipulatrice pour son profit ; mais en aucun cas elle n'aurait couru le risque d'abîmer sa jolie peau transparente pour rafler quelques dollars ! Par ailleurs, comment aurait-elle pu être impliquée dans l'histoire du chili ? Elle n'avait pas de motif plausible, ni – à mon avis – l'imagination nécessaire pour perpétrer ce coup bas.

Oui, ce qui se tramait allait bien au-delà d'une éventuelle intervention de Deirdre ! Et j'étais résolue à savoir ce que c'était avant que l'inauguration de Tessa ne tourne à la catastrophe.

Je continuai à fixer Deirdre sans vraiment la voir, tandis que j'examinais les faits. Elle finit par s'apercevoir que j'avais les yeux braqués sur elle.

– Qu'est-ce qu'il y a ? fit-elle sans aménité. Tu veux ma photo ?

Agacée, je m'apprêtai à la planter là pour gagner les cuisines. Bess saurait sûrement comment nous pourrions nous y prendre pour enquêter chez Hammam Diva sans éveiller les soupçons des clientes… puisque les soins de beauté, c'était sa spécialité ! Soudain, je réalisai qu'une personne était encore plus au fait de ces choses que mon amie : elle se trouvait devant moi !

Je ne manquai pas d'être effarée par l'idée qui venait de jaillir dans mon esprit : pour une fois, Deirdre était susceptible de m'être utile ! À côté du shopping et des sorties avec les garçons, les soins de beauté étaient son dada ; alors, dans ce spa luxueux, elle était dans son élément naturel. De plus, elle devait connaître la plupart des clientes du jour – les trois quarts étaient sans doute membres du country club, de la Ligue des parcs et jardins, ou toute autre association ayant les faveurs de la riche élite de River Heights dont faisaient partie les Shannon. De plus, contrairement à moi, Deirdre avait la réputation d'adorer les cancans. Alors, elle pourrait poser des questions sans susciter la méfiance, et sans que quiconque se doute que quelque chose clochait dans le spa. Oui, plus j'y réfléchissais, plus mon idée me semblait judicieuse !

Bien entendu, cela posait un problème de taille : je serais obligée de passer pas mal de temps avec Deirdre. Étais-je aux abois au point d'imposer un tel fléau à moi-même et à mes amies ?

Je ne pus retenir une grimace en imaginant la réaction de George. Puis je m'avisai que je n'avais pas vu George depuis une bonne demi-heure ; en fait, depuis son apparition éclair sur le seuil de la cuisine. Quoi qu'il en soit, je n'étais pas convaincue qu'il valait la peine de s'empoisonner la vie pour avoir l'aide de Deirdre.

Tandis que je réfléchissais à toute vitesse, elle s'écarta enfin du miroir.

– Bon, je crois que je vais profiter de mon invitation au restaurant ! dit-elle.

Je la retins :

– Attends !

Elle se tourna vers moi, et je vis que sa peau avait presque repris son apparence normale ; elle était juste rosie.

– Qu'est-ce que tu veux ? lâcha-t-elle, impatientée.

– Écoute…, commençai-je en hésitant, je me disais que… Euh, eh bien, apparemment,

Tessa a de sérieux ennuis. Vu ce qui t'est arrivé et… enfin, autre chose.

– Où veux-tu en venir ?

Agacée par son ton dédaigneux, je me lançai :

– Il faut aider Tessa à tirer les choses au clair. J'ai l'intention de m'y atteler, et je me suis dit que tu voudrais peut-être me donner un coup de main.

– J'ai des hallucinations auditives ou quoi ? fit-elle avec un rire incrédule. La célèbre Nancy Drew me demande d'entrer dans son club des quatre ?

Je me rembrunis, contrariée par ses sarcasmes et tentée de laisser tomber. Mais, me remémorant l'expression inquiète de Tessa, je persévérai.

– Je sais que je ne suis pas dans tes petits papiers, repris-je, me gardant de déclarer que c'était réciproque. Mais tu devrais comprendre que nous sommes du même côté de la barrière, dans cette affaire. Si on apprend qu'il se passe des choses louches à Hammam Diva, ce sera une très mauvaise publicité pour Tessa, et ça pourrait l'amener à fermer.

Elle écarquilla les yeux, et je sus que je venais de marquer un point. Même si ses motivations étaient très différentes des miennes, elle n'avait pas plus envie que moi d'assister à la faillite du spa : en égoïste invétérée, elle ne voulait pas se priver des soins de luxe qu'il offrait.

– Ils ne vont tout de même pas fermer à cause d'un petit incident de rien du tout ! prétendit-elle, sans manifester cependant son assurance coutumière.

– Sans doute pas, admis-je, amusée par son commentaire, en dépit de la gravité de la situation : l'accident qui, à l'en croire, aurait pu lui coûter la vie s'était soudain métamorphosé en « petit incident de rien du tout » !

– Il n'y a pas que ça, ajoutai-je.

Alors que je l'informais brièvement de l'inexplicable présence de morceaux de viande dans le chili, des pas précipités se rapprochèrent. Bess apparut bientôt en annonçant d'une voix essoufflée :

– Marletta en a eu marre de traîner à la cuisine. Elle est allée voir la salle à manger.

Puis elle décocha un regard circonspect à Deirdre.

– Tout va bien ? s'enquit-elle.

– Oui, lui assurai-je. Je discutais de l'affaire avec Deirdre…

– C'est ça, et je suis décidée à donner un coup de main, enchaîna cette dernière. Je ne veux pas que cet endroit ferme ! Vous n'arriverez jamais à déterrer les vraies infos, contrairement à moi. Vous ne connaissez même pas la moitié des clientes d'aujourd'hui !

Elle termina sa tirade avec une impudente autosatisfaction. Bess était médusée. Je lui adressai un regard pour l'inciter à se taire. Deirdre continua, sans s'apercevoir de sa stupéfaction :

– Mais il n'est pas question que ça m'empêche d'aller au grand bain de boue ! J'ai rendez-vous à quatorze heures. En plus, j'ai aromathérapie dans cinq minutes.

– Je t'accompagne, dis-je, lui emboîtant le pas alors qu'elle s'engageait dans le couloir.

Bess nous suivit, l'air toujours aussi étonné.

– Il faudrait qu'on parle des questions que tu vas poser pour découvrir ce que les clientes savent, repris-je.

– Laisse tomber, lâcha Deirdre, impatientée. Je sais parfaitement comment on s'y prend pour faire parler les gens !

Je n'objectai rien, ne voulant pas lui mettre la pression. Sinon, elle était capable de changer d'avis ! Or, elle pouvait réellement m'être utile dans cette occasion, même s'il me déplaisait de l'admettre.

– Très bien, concédai-je alors que nous

parvenions devant la salle d'aromathérapie. Dans ce cas, on se retrouve tout à l'heure.

– OK ! À plus !

Là-dessus, elle s'engouffra dans la pièce.

– Bon, tu m'expliques, là ? lâcha Bess.

Je soupirai :

– Dans une minute. Je dois d'abord vérifier quelque chose.

Nous étions dans le couloir qui menait à la réception. Tessa avait eu beau affirmer que son ex-mari ne s'était pas introduit dans le spa, je voulais m'en assurer auprès des hôtesses : deux précautions valent mieux qu'une !

Quand nous émergeâmes du couloir, où régnait un éclairage tamisé tirant sur le rose, la lumière naturelle du soleil, inondant la vaste réception à travers les hautes baies de la façade, nous éblouit. Je m'approchai du bureau, suivie de Bess. Je constatai que de nombreuses personnes patientaient encore à l'entrée, même si la file d'attente était beaucoup moins fournie qu'au début de la matinée. Deux hôtesses vêtues avec chic accueillaient la clientèle. Je gagnai un espace dégagé, guettant le moment favorable pour poser ma question.

Une des hôtesses s'aperçut enfin de notre présence et nous aborda en souriant :

– Bonjour, mesdemoiselles. Puis-je vous aid…

Le reste de sa phrase se perdit dans un bruit fracassant pareil à une sorte d'explosion : une des grandes baies vitrées venait de voler en éclats.

# 6. Un suspect douteux

Bess poussa un cri ; pour ma part, je m'accroupis instinctivement derrière le bureau. Il y eut un moment de chaos. Je vis des gens affolés courir dans tous les sens…

– Qu… qu'est-ce que c'était ? balbutia Bess, qui m'avait imitée.

– Je ne sais pas, fis-je, regardant les débris de verre. Quelqu'un a dû lancer quelque chose contre la vitre de l'extérieur.

Je me redressai pour quitter mon abri.

– Attends ! fit Bess. Ça pourrait recommencer !

– Je ne crois pas, dis-je en examinant la baie.

J'entendis une des hôtesses alerter Tessa par biper, d'une voix qui tremblait un peu ; cependant mon attention était surtout accaparée par la scène qui se déroulait à l'extérieur. Plusieurs agents de police maîtrisaient un jeune homme à terre. Je reconnus Thomas Rackham.

Non loin de nous, une vieille dame cria :

– Qu'est-ce qui se passe ? Est-ce que nous sommes attaqués ?

La deuxième hôtesse lui intima d'une voix pressante :

– Je vous en prie, madame, calmez-vous. Quelqu'un a cassé la baie. La police veille au grain.

Je repérai un objet brun au milieu des éclats de verre. Il avait la taille d'un ananas, et je le pris d'abord pour un gros caillou. Je m'approchai pour l'examiner en avançant avec prudence parmi les fragments acérés.

– Qu'est-ce que c'est ? me demanda Bess, qui m'avait suivie.

Elle n'a rien d'une poule mouillée ! Dès qu'elle avait vu la police à l'œuvre, elle était sortie de sa cachette pour me rejoindre.

– Je ne sais pas…

Rabattant l'extrémité de ma manche sur ma main en guise de protection, je me penchai et ramassai l'objet. La police n'aurait sans doute pas besoin d'y relever les empreintes pour identifier l'auteur du délit : les agents avaient surveillé Thomas et ses acolytes pendant toute la matinée. Et, si c'était lui qui avait expédié ce projectile, les témoins ne manquaient sûrement pas !

Je constatai que le « caillou » représentait en fait une tortue grossièrement sculptée.

– Il y a quelque chose d'écrit sur la carapace, dis-je à Bess, clignant les yeux pour déchiffrer l'inscription au marqueur rouge : « Hammam Diva assassins. »

Je levai les yeux vers Thomas Rackham, auquel les policiers avaient maintenant passé les menottes. Je réalisai que j'avais à peine pensé à lui et à sa manifestation, depuis notre arrivée. Était-il possible qu'il soit à l'origine des incidents ? Il avait un mobile suffisant, en tout cas, puisqu'il voulait la fermeture du spa.

Comprenant que je devais agir sur-le-champ si je voulais l'interroger avant que la police l'embarque, je me précipitai vers la sortie. J'entendis derrière moi la voix de Tessa, qui semblait très bouleversée, mais je ne m'attardai pas pour jauger sa réaction – je pourrais toujours m'entretenir avec elle après. Je voulais d'abord voir Thomas Rackham Jr.

Comme j'approchais de lui, un policier leva la tête, et je reconnus le chef McGinnis, qui dirige la police de River Heights.

– Tiens, tiens ! Nancy Drew ! Ça alors, toi ici ! ironisa-t-il. Je n'en reviens pas ! Tu es sur ton trente et un, dis-moi !

J'eus un faible sourire en baissant les yeux sur mon peignoir et mes pantoufles. Allez savoir pourquoi, notre chef de la police semble convaincu que j'attire les ennuis comme un aimant. À moins que ce ne soit l'inverse… Il est plutôt incohérent lorsqu'il aborde ce sujet. Selon Bess et George, cela tient au fait qu'il m'arrive – sans le faire exprès, bien sûr – d'élucider des mystères avant lui, ce qui le met en rage. Encore une chance qu'il ait beaucoup d'estime pour mon père ! Sinon, il tolérerait sans doute avec beaucoup moins d'indulgence mes activités de détective amateur !

– Salut, chef ! Évidemment, je suis ici, dis-je, faisant mine de me méprendre sur le sens de son commentaire. Toute la ville ou presque est à l'inauguration !

Il se contenta de grommeler en guise de réponse :

– Tu veux bien reculer un petit peu ? Nous n'allons pas tarder à emmener ce voyou.

– Hé, Nancy ! m'appela Thomas, le regard brillant d'excitation. Il va falloir que je prévienne ton père !

Je soupirai, le réprimandant gentiment :

– Ce n'était pas très malin de faire ça, Thomas ! Je sais que tu es bouleversé par le sort de ces pauvres tortues, mais…

– Quelqu'un doit les défendre ! s'exclama-t-il, cherchant en vain à se défaire de ses menottes. Cette opération était un cri d'alarme contre le lobby antitortues !

Peut-être allais-je résoudre mon affaire plus facilement que je ne l'avais cru…

– Et la viande dans le chili, Thomas ? Comment as-tu réussi ce tour-là ? lui lançai-je.

– De la viande ? Quelle horreur ! Je n'en mange jamais ! C'est un crime !

– Quoi ? Tu n'as rien à voir avec l'histoire du chili ?

– Mais de quoi parles-tu ? me demanda-t-il d'un air ahuri.

Le chef, qui me dévisageait avec attention, enchérit :

– Oui, de quoi est-il question, Nancy ?

– Minute, fis-je, l'esprit en tumulte. Thomas, tu reconnais la destruction de la baie vitrée, n'est-ce pas ?

– Bien sûr ! se rengorgea-t-il. Je suis fier de

revendiquer mes actions en faveur de mes amies les tortues.

– Mais ce n'est pas toi qui as mis de la viande dans le chili et trafiqué le sauna ?

– Le sauna ? Nancy, tu crois vraiment que j'ai du temps à perdre dans un sauna alors que les tortues sont en danger ? Ce sauna de malheur se trouve dans le spa de la mort, en plus…

Là-dessus, il désigna Hammam Diva d'un geste aussi mélodramatique que ses menottes le lui permettaient.

– Nancy, j'aimerais que tu m'expliques…, commença le chef McGinnis. Ah, zut ! Un instant.

Il parla dans son talkie-walkie, qui venait d'émettre un bip-bip d'avertissement. Puis, ayant coupé la communication, il dit aux policiers qui encadraient Thomas :

– J'en ai pour une minute. Gardez-le ici en attendant.

– Bien, chef ! fit l'un d'eux alors que son patron se dirigeait vers le car de commandement.

Je préférai m'éclipser. Je n'avais pas très envie d'attendre le retour du chef McGinnis et la poursuite de l'interrogatoire qu'il me réservait. N'allez pas croire que je voulais dissimuler des informations à la police ! Mais il me semblait que ce n'était pas à moi de l'avertir. Après tout, rien de ce qui s'était produit ne pouvait être considéré comme un délit caractérisé, en l'état actuel de l'affaire. Si Tessa désirait que le chef mène une enquête, c'était à elle de l'alerter.

De plus, il me semblait évident que Thomas n'était pas impliqué dans les incidents de la cuisine et du sauna. Autrement dit, son action n'avait aucune relation avec ces sabotages. À moins que... ?

Obéissant à une impulsion, je posai une dernière question à Thomas :

– Comment en es-tu venu à t'intéresser à cette variété de tortue ?

– Quelqu'un a envoyé une alerte sur mon site web.

– Quelqu'un ?

– J'sais pas qui. C'était pas signé, et son adresse était inconnue au bataillon. L'important, c'est que les infos étaient vraies. J'ai tout vérifié moi-même. Il y avait un habitat de tortues ici, avant que River Heights ne se développe.

À cet instant, un appel retentit de l'autre côté de la rue. Au bord du trottoir, le chef McGinnis faisait signe aux policiers qui retenaient Thomas.

– À nous de jouer ! déclara l'un d'eux, empoignant le prisonnier. Allez, suis-nous, mon bonhomme ! On y va !

– Haut les cœurs, Nancy ! me lança Thomas tandis qu'on l'entraînait vers le fourgon. Préviens ton père que je lui téléphonerai sous peu !

– Entendu ! répondis-je en m'écartant pour libérer le passage.

Je songeai à ce que Thomas venait de m'apprendre. Il était curieux que sa manifestation ait été suscitée par un tuyau anonyme… Quelle conclusion fallait-il en tirer ? Étais-je en train d'embrouiller l'affaire en voulant faire coller l'acte de Thomas avec l'énigme dont je m'occupais, au lieu d'y voir un élément distinct ?

Comme je me retournais pour chercher Bess du regard, je vis Marletta et son équipe, qui sortaient en trombe du hall de Hammam Diva.

– Excusez-moi ! cria la journaliste en se ruant vers la voiture, son peignoir flottant autour d'elle. C'est pour River Heights News ! S'il vous plaît !

Ignorant son intervention, les policiers flanquèrent Thomas dans le fourgon, puis montèrent à bord et démarrèrent. Marletta demeura immobile un instant, l'air vexée. Puis son assistante lui désigna les manifestants qui, depuis l'arrestation de Thomas, s'agglutinaient, désemparés, sur le trottoir.

Le visage de la journaliste s'illumina. Faisant signe à son caméraman de la suivre, elle se dirigea vers les protestataires. Déjà, ceux-ci commençaient à se disperser, déconfits. Une jeune femme consentit à se laisser interviewer, mais je ne pus pas entendre ses propos. Entre-temps, les autres s'éclipsèrent dans le jardin public ou s'égaillèrent dans la rue. Un jeune qui avait l'allure d'un lycéen retourna sa pancarte arborant le slogan « TORTUE POWER » pour en révéler un deuxième : « LES INSECTES AUSSI SONT NOS AMIS. » Il traversa la chaussée et prit position devant la boutique Au chien chouchouté.

– Qu'est-ce qui se passe ? s'enquit Bess, survenant près de moi.

– Le reportage de Marletta vient de capoter sous son nez, lui dis-je avec un petit rire.

Je lui rapportai les affirmations de Thomas et lui désignai le manifestant solitaire de l'autre côté de la rue. Elle lut sa pancarte en plissant les paupières.

– Qu'est-ce qu'il veut dire par là ? Il proteste parce qu'ils vendent des colliers anti-puces ou quoi ?

– Possible, fis-je en rigolant. Mais, à mon

avis, il pense surtout aux insectes qui servent à nourrir les animaux. Tu n'as jamais vu le rayon du fond du magasin ?

Elle me fit signe que non.

– Ils vendent des criquets, des vers... toutes les bestioles avec lesquelles les gens alimentent leurs reptiles, leurs rongeurs, etc. Ils ont même des tarentules et d'autres horribles créatures exotiques. Ils se vantent d'être la seule boutique de la région qui vende des blattes souffleuses géantes de Madagascar.

– Charmant ! lâcha Bess avec un frisson. Quelle horreur !

La jeune fille que Marletta avait interviewée passa alors devant nous. La journaliste, micro en main, semblait démoralisée.

– Bon, dit-elle à sa petite troupe, autant retourner à l'intérieur.

– Et ce type ? objecta Lulu en désignant le manifestant planté devant l'animalerie. Il a sûrement quelque chose à raconter !

– J'imagine, lâcha Marletta avec un haussement d'épaules.

Elle ne semblait guère avoir d'espoir, mais Lulu insista, encourageante :

– Vas-y ! Allons, Mike, filme la boutique.

Elle décocha un coup de coude au caméraman. Celui-ci s'exécuta.

Comme Marletta traversait la rue, et serait sans doute occupée pendant plusieurs minutes, le moment me parut propice pour enquêter dans le spa sans avoir à me soucier de la voir surgir au moment inopportun.

– Suis-moi, intimai-je à Bess, on retourne inspecter la cuisine. Je veux être sûre que je n'ai laissé passer aucun indice.

Dans le hall d'accueil, armées de balais et de pelles, plusieurs employées du spa s'activaient à faire disparaître l'amas de débris ; Tessa supervisait le travail de l'ouvrier qui ôtait avec précaution les pointes de verre encore fichées dans l'encadrement de la baie.

Comme je m'apprêtais à l'aborder, il me sembla entendre chuchoter mon nom. Jetant un regard autour de moi, je vis que Deirdre m'adressait des signes frénétiques depuis la porte qui donnait dans le dédale de couloirs :

– Nancy, par ici !

Échangeant un regard avec Bess, je lui dis :

– Je reviens tout de suite. Il n'y en a sûrement pas pour longtemps.

Je rejoignis Deirdre en laissant à Bess le soin de parler à Tessa. Deirdre m'agrippa par le bras et m'entraîna jusque dans un recoin, au détour du couloir.

– Mais enfin, où étais-tu passée ? me jetat-elle lorsque nous fûmes seules. Je t'ai cherchée partout ! Franchement, on n'a pas idée de disparaître au beau milieu d'une enquête !

J'ouvris la bouche, prête à m'expliquer ; mais j'y renonçai aussitôt : à quoi bon ? Refoulant l'envie de la gifler, je me contraignis à sourire :

– Désolée. Qu'est-ce qu'il y a ? Tu as déniché quelque chose d'intéressant ?

– J'ai fait encore mieux ! prétendit-elle en se rengorgeant. J'ai résolu l'affaire !

– Vraiment ? fis-je, dissimulant mon scepticisme. Comment ?

– J'étais au bar de jus de fruits avec Mme O'Malley et Mme Wright... Tu les connais, au fait ? Elles font partie du country club. Enfin, bref, on discutait de choses et d'autres : le nouveau plan d'eau du parcours de golf, la collecte de fonds pour la ludothèque...

– Oui, fis-je avec quelque impatience. Et alors ?

– Eh bien, elles m'ont révélé un bruit qui court : une employée du spa a été renvoyée juste avant l'inauguration. Apparemment, Tessa Monroe l'a surprise dans la grande salle des thermes en dehors des heures de travail ; elle y avait amené sa gamine, et la petite faisait des pâtés avec la boue.

– Mais encore ? insistai-je.

Deirdre déclara d'un air suffisant :

– Tiens-toi : cette employée entretenait la piscine des Wright, avant. Alors Mme Wright la connaît bien. Et elle l'a vue ici aujourd'hui... Elle se faisait passer pour une cliente !

# 7. Indices déroutants

À en juger par son air satisfait, Deirdre croyait livrer une nouvelle fracassante. Je ne fus pourtant pas plus épatée que ça par sa « révélation ».

– Si je comprends bien, énonçai-je, à ton avis, cette personne serait impliquée dans les sabotages ?

– Évidemment ! s'exclama-t-elle, l'air de penser : « Tu es bouchée, ma pauvre, ou quoi ? » Ça tombe sous le sens ! Cette femme cherche à se venger de Tessa !

– C'est en effet une possibilité, concédai-je. Mais tes conclusions me semblent hâtives.

Je me remémorai pourtant que Patsy, la

cuisinière, m'avait elle aussi parlé d'une employée mise à pied. S'agissait-il de la même ? Celle-ci avait été chassée à cause d'un sandwich à la dinde ; mais elle avait déjà eu *d'autres* ennuis auparavant.

Par ailleurs, un renvoi était-il un motif suffisant pour qu'une personne, quelle qu'elle soit, sabote l'inauguration du spa ?

Je m'avisai tout à coup que Deirdre regardait par-dessus mon épaule d'un air peu amène.

– Encore là, toi ? fit-elle. J'aurais parié que tu étais partie faire joujou avec ton ordinateur !

Jetant un coup d'œil derrière moi, j'aperçus George qui se hâtait vers nous. C'était la première fois que je la voyais depuis qu'elle avait disparu de la cuisine. Je ne savais même pas si elle était au courant de tout ce qui s'était produit entre-temps.

– Où étais-tu ? lui lançai-je.

– T'occupe ! lâcha-t-elle d'une voix essoufflée. Tu ferais bien de retourner dans le hall !

– Pourquoi ? C'est Bess qui t'envoie ? fis-je, me demandant si Tessa avait appris quelque chose d'important à mon amie.

George reprit en faisant signe que non :

– Écoute, viens, un point c'est tout. Il se passe quelque chose de bizarre.

Je la suivis en haussant les épaules. Une fois dans la réception, je constatai que les employées n'avaient pas fini de nettoyer les éclats de verre. Bess tendait une pelle à l'une d'elles. Tout près, Tessa bavardait avec deux dames grassouillettes, d'âge mûr et d'aspect avenant, revêtues de blouses roses.

– Hé ! m'écriai-je, surprise, en me souvenant du reportage télé que nous avions vu la veille. Ce sont les propriétaires de Graine de beauté, non ?

– Mouais, grommela George. Drôle de coïncidence qu'elles soient venues maintenant, tu ne trouves pas ?

– Tu crois que ces vieilles peaux sont mêlées aux sabotages ? s'étonna Deirdre. Sûrement pas ! D'ailleurs, comme je le disais à Nancy, j'ai résolu le mystère.

– Ben voyons ! ironisa George. Le jour où tu grilleras Nancy sur une enquête, les poules auront des dents !

– La ferme, *Georgia*, s'échauffa Deirdre. Si tu veux sav…

– Deirdre, la coupai-je pour calmer le jeu, si tu parlais à Bess de ce que tu as déniché ? Ça va l'intéresser.

« Bess ne m'en voudra pas trop de lui infliger Deirdre, pensai-je. Elle me pardonnera bien… un de ces jours ! » Il fallait avant tout parer au plus pressé : séparer Deirdre et George avant que ça se gâte pour de bon !

Deirdre s'étant éloignée, je demandai à mon amie :

– Alors, tu es au courant des sabotages ?

– Bess vient de m'en informer.

– Bon.

J'hésitai, tentée de lui demander où elle avait disparu pendant tout ce temps. Je finis par décider de m'occuper de cela plus tard. Pour l'instant, je devais m'assurer que je ne laissais rien passer d'important tant que la piste était encore fraîche ! Thomas avait avoué qu'il avait fracassé la baie vitrée ; mais je sentais, d'instinct, que cela se rattachait, d'une façon ou d'une autre, aux incidents survenus à l'intérieur du spa.

Escortée de George, je m'approchai de Tessa. Celle-ci portait son regard tantôt sur ses employées affairées, tantôt sur les propriétaires de Graine de beauté. Je lui trouvai l'air décomposé.

George lorgna les deux dames en marmonnant d'un ton soupçonneux :

– Je me demande ce qu'elles fichent ici…

– Tais-toi, et on entendra peut-être ce qu'elles racontent ! lui soufflai-je.

Nous fîmes semblant de nous intéresser à l'opération de nettoyage tout en dressant l'oreille. Selon ce que je parvenais à capter, les propriétaires de Graine de beauté alternaient compliments sur l'inauguration et lamentations au sujet de la baie brisée. Tessa les remerciait de leur intérêt avec un sourire un peu tendu.

C'est alors que la porte du hall s'ouvrit toute grande, et je vis entrer d'un pas vif une employée munie d'un mètre à ruban.

– Pardon, mesdames, veuillez m'excuser un instant, dit Tessa à ses interlocutrices.

Elle cria à l'employée :

– Par ici, Gloria !

Et elle se dépêcha de la rejoindre.

J'observai les deux dames de Graine de beauté, qui suivaient du regard Tessa et Gloria alors que celles-ci gagnaient la baie.

– J'aimerai bien savoir si…, commençai-je.

Je m'interrompis, surprise : George venait de s'éclipser dans le couloir sans même jeter un regard en arrière. Un instant après, Bess me rejoignait. Le regard braqué dans la direction où George avait disparu, elle s'enquit :

– Où courait-elle comme ça ?

– Alors, là, tu m'en demandes trop ! fis-je en haussant les épaules.

Comme si le mystère du spa ne suffisait pas ! Il fallait en plus que George persiste à se comporter d'une manière inexplicable…

– Et Deirdre ? continuai-je.

– Elle s'ennuyait. Elle est allée à sa séance de pédicure.

Les dames du salon de beauté se tenaient près du bureau des hôtesses. Elles n'étaient sans doute pas impliquées dans les sabotages, à mon avis ; mais il n'était pas plus mal d'entendre ce qu'elles avaient à dire. J'avais vu des suspects encore plus improbables s'avérer coupables de faits bizarres ! Et j'avais appris à ne me fier à personne.

– Excusez-moi, commençai-je en les abordant, vous êtes les propriétaires de Graine de beauté, n'est-ce pas ? Je suis Nancy Drew. Je crois que vous connaissez Hannah Gruen, ma gouvernante.

– Mais bien sûr ! s'exclama d'un air réjoui l'une des dames. Hannah est une femme si charmante ! Tu es donc la petite Nancy ?

– Nous avons suivi tes aventures dans les journaux, ma chère enfant, enchaîna l'autre avec empressement. Tu dois être très futée, dis-moi, pour résoudre toutes ces énigmes !

– Merci, fis-je en m'efforçant d'ignorer le sourire en coin de Bess. Vous savez, je n'ai toujours pas compris pourquoi on a fracassé la baie !

– C'est inouï, tout de même ! s'indigna la plus petite des deux. Cette pauvre Tessa montre beaucoup de courage ! Elle doit être bouleversée... Franchement, je me demande comment nous aurions réagi, Marge et moi, s'il s'était passé quelque chose comme ça chez nous.

Marge acquiesça.

– Bien sûr, nous n'avons pas une aussi belle entrée, observa-t-elle. Notre salon n'occupe que l'angle d'un vieil immeuble, mais nous l'aimons beaucoup.

– Cela se comprend, commentai-je. Vous étiez ici lorsqu'on a cassé la vitre ?

– Non, répondit Marge, nous avons manqué ça. Nous sommes arrivées il y a quelques minutes, et c'est là que nous avons appris l'événement.

Son associée hocha la tête :

– Quelle malchance !

Elle consulta sa montre :

– Oh, mon Dieu, il faut qu'on y aille ! Désolée de te quitter comme ça, Nancy.

– Houlà, oui ! s'exclama Marge en regardant elle aussi sa montre-bracelet. Mme Walters doit arriver d'une minute à l'autre pour une coupe. J'espère que vous nous excuserez, mes petites.

– Bien sûr ! répondîmes-nous en chœur.

Nous les suivîmes du regard tandis qu'elles se dépêchaient d'aller saluer Tessa. Un instant plus tard, elles étaient parties.

– George les trouve suspectes, dis-je. Moi, je ne les imagine pas en train de se prêter à des actes de sabotage, Bess ! Évidemment, on pourrait interroger leurs clientes pour voir si elles ont un alibi. Mais je ne crois pas que ça vaille la peine.

Bess m'approuva d'un signe.

– Alors, qu'est-ce qu'on fait, maintenant ? s'enquit-elle pendant que nous nous réengagions dans le couloir.

– Tiens, vous voilà ! s'exclama George, surgissant d'une porte que nous allions dépasser.

– Disons plutôt : *te* voilà ! répliquai-je. Pourquoi as-tu filé à la vitesse de l'éclair ?

– Parce que je t'ai donné l'impression de filer ? lança-t-elle avec décontraction. J'ai fait un petit tour dans la salle de repos, c'est tout.

Je l'examinai, songeuse, me demandant si elle ne se sentait pas bien. Cela aurait pu expliquer son attitude grincheuse des deux derniers jours, et ses incursions imprévisibles aux lavabos.

Une fois de plus, je refoulai à l'arrière-fond de mon esprit son comportement déroutant.

C'était un mystère qui pouvait attendre. Je tenais à tirer au clair les problèmes de Tessa avant que les sabotages viennent à se savoir – et surtout avant que l'auteur de ces coups fourrés frappe de nouveau !

– Cette affaire se complique, dis-je à mes amies. Je crois qu'on devrait faire une pause pour récapituler…

Je m'interrompis net en voyant surgir à l'angle du couloir un essaim de femmes en peignoir. Elles parlaient avec excitation du grand bain de boue, et parurent à peine remarquer notre présence. J'attendis tout de même qu'elles disparaissent avant de continuer :

– Il faut qu'on trouve un coin tranquille pour parler. Où pourrait-on aller ?

– J'ai une idée, déclara Bess en souriant. Suivez-moi !

Quelques instants plus tard, enveloppées de draps de bain, nous pénétrions dans un des saunas individuels du spa. Nous prîmes place sur les bancs et nous adossâmes au mur, nous laissant baigner par la vapeur chaude.

– Bon, dis-je. Commençons par passer en revue tout ce qui est arrivé. Il y a le coup de la viande dans le chili en l'absence de Patsy aux cuisines…

– Il se peut que Patsy mente ! Si ça se

trouve, elle a mis elle-même la viande dedans, souligna Bess.

Je souris de son esprit de déduction. À force de nous côtoyer, papa et moi, mes amies ont appris pas mal de choses !

– Oui, j'y ai pensé, approuvai-je. Nous reviendrons sur les suspects possibles dans un instant. Il y a aussi la mésaventure de Deirdre dans un de ces saunas…

George haussa les épaules, ramenant en arrière ses courts cheveux bruns, déjà humides.

– À condition que ce ne soit pas une invention de son cru pour avoir la vedette, fit-elle observer.

– Exact. Et, pour finir, il y a le coup de la baie vitrée. Cela fait trois incidents. Ils se sont produits dans un laps de temps très court et pouvaient tous détruire la bonne image de Hammam Diva.

Dépliant une jambe devant elle pour la poser sur le banc voisin, Bess enchaîna :

– C'est juste. Bon, quels indices avons-nous ? Un caillou en forme de tortue…

– … et quelques cheveux blonds que j'ai trouvés à la cuisine, continuai-je. Enfin, je ne suis pas sûre que ce soit un indice. Mais je considère que nous ne devons pas négliger ce détail. Et… et c'est tout. Je n'oublie rien, je crois ?

– Va savoir, lâcha George, en nage. Comment veux-tu réfléchir tout en mijotant à la vapeur comme des fleurettes de brocolis ?

Ignorant son commentaire, je repris :

– Venons-en aux suspects. Ils sont de plus en plus nombreux ! Je persiste à penser que Dan, l'ex-mari de Tessa, est à mettre en tête de liste.

– D'après Tessa, il n'est pas capable de passer à l'acte, me rappela Bess. Et puis, elle a affirmé que ses employés l'auraient avertie s'il avait tenté d'entrer.

– À condition de l'avoir repéré, objectai-je. On ne peut pas dire qu'il y ait un garde armé à chaque porte, ici ! Il a très bien pu se faufiler dans le spa par l'entrée de derrière, après leur dispute de tout à l'heure. Il peut aussi être de mèche avec une personne de l'intérieur – un faux client, ou même un employé.

– N'oublions pas Thomas Rackham, intervint George. Tout le monde l'a vu jeter une pierre contre la baie. En fait, il est tout désigné pour être le suspect numéro un ! Il a même un mobile : il veut faire fermer cet endroit.

– Je sais, soupirai-je, pensive. Mais je ne crois pas qu'il soit responsable des autres incidents. Passe encore pour le coup de la viande – même si, à mon avis, un authentique végétarien n'achèterait jamais de bœuf, fût-ce pour la bonne cause.

– C'est vrai pour Tessa, Patsy ou Marletta, ça, d'accord, fit Bess. En revanche, Thomas est prêt à n'importe quoi pour attirer l'attention !

– *N'importe quoi* est le terme juste, admis-je. Mais Thomas a toujours été du genre inoffensif. Or, le bricolage du thermostat était terriblement dangereux. Imaginez une seconde qu'il y ait eu une dame âgée à la place de Deirdre. Ça aurait pu lui être fatal ! Je n'imagine pas Thomas en train de faire un truc pareil.

– Bon, OK, alors, qui d'autre pourrait vouloir causer des ennuis à Tessa ? lança George.

– Eh bien, il y a la théorie de Deirdre..., dis-je à mes amies.

Je leur fis part de ce que Deirdre m'avait raconté au sujet de l'ex-employée, ainsi que des propos de Patsy au sujet d'une affaire similaire.

– Je ne sais pas s'il s'agit de la même personne, ni si les commérages rapportés par Deirdre sont vrais. Mais cela vaut la peine de contrôler.

– C'est Deirdre qu'il faut contrôler ! intervint George. Je ne serais pas surprise qu'elle ait manigancé elle-même le coup du sauna !

– Ce n'est pas impossible, concédai-je, diplomate. Sauf que, dans ce cas, elle n'aurait pas pu faire celui de la viande : il aurait fallu qu'elle se trouve dans deux endroits différents au même moment.

– Et les dames de Graine de beauté ? suggéra Bess.

– Nous devons les conserver sur la liste des suspects, déclarai-je. Elles ont l'air adorables, je n'arrive pas à croire qu'elles pourraient être mauvaises. Mais elles risquent de perdre beaucoup de clients si Hammam Diva est un succès. Or, l'argent est toujours un puissant mobile pour mener des gens au crime.

– La vengeance aussi, fit George avec un haussement d'épaules.

– Certes, approuvai-je. C'est pour ça que j'aimerais en apprendre davantage sur Dan Monroe et sur cette mystérieuse ex-employée.

Je me tournai vers Bess, dont les joues étaient encore plus roses que d'habitude sous l'effet de la vapeur :

– Prête à fouiner un peu ?

– Bien sûr. À condition de déjeuner avant d'aller au grand bain de boue. Je commence à avoir faim !

– On en aura largement le temps, sois tranquille, lui dis-je en consultant l'horloge encastrée dans le panneau de commandes de la salle du sauna.

– OK, dit Bess. Quelle est ma mission ?

– Bavarder avec les policiers, s'ils sont toujours là, et avec les clientes qui sont encore dehors. Essayer de savoir si Dan Monroe a été vu dans les parages. Et, bien sûr, le faire parler si tu le trouves.

Cet objectif était tout à fait dans les cordes de Bess. Avec son charme et son aisance, elle a l'art d'amener les gens à se confier. Et la police se défierait beaucoup moins de ses questions que des miennes.

– Entendu, dit-elle. Et vous, vous ferez quoi ?

– Je vais voir Tessa pour lui demander si elle soupçonne quelqu'un... George, si tu essayais de te renseigner sur l'employée virée ? Commence par interroger les aides-cuisinières. J'ai cru comprendre que cette fille travaillait avec elles.

– Pas question ! déclara George.

Je cillai, surprise ; Bess se tourna vers sa cousine d'un air étonné. Croyant que j'avais mal entendu, je lâchai :

– Euh... c'est quoi, le problème ?

– Il n'y en a aucun ! jeta George dans un accès de colère. Laisse tomber, OK ? D'accord pour enquêter sur ce fichu ex-mari, mais, si vous voulez des infos sur l'usine à tofu, allez les chercher vous-mêmes !

Là-dessus, elle se leva d'un bond et quitta le sauna en claquant la porte.

# 8. Scoop

J'échangeai avec Bess un regard interdit. Puis, retrouvant enfin l'usage de la parole, je m'exclamai :

– Mais… qu'est-ce qu'il lui prend ?

– Je me le demande, soupira Bess d'un air songeur. Elle a un comportement vraiment bizarre…

Je hochai la tête : il était grand temps de s'inquiéter de la conduite de George ! Car, pour être bizarre, elle l'était !

– Tu as raison, Bess. On devrait lui parler, essayer de savoir de quoi il retourne…

– Tu penses qu'on arriverait à lui tirer les vers du nez ? Moi, ça m'étonnerait. Elle n'a visiblement aucune envie de se confier à nous.

Je me rembrunis :

– Qu'est-ce qui peut bien la tracasser ?

– Aucune idée ! Au début, je croyais que c'était le problème habituel : le manque de fric. Ça la met sur les nerfs, en général. Mais tout de même pas à ce point-là !

– En plus, on a eu ces entrées gratuites, et elle est toujours ravie de profiter d'un truc à l'œil.

– Alors que, là, pas du tout ! dit Bess. Franchement, ça me dépasse…

En allant récupérer nos peignoirs au vestiaire adjacent, nous cherchâmes ce qui pouvait motiver l'exécrable humeur de George. Alors que nous nous rhabillions, la porte du vestiaire s'ouvrit d'un coup.

– Hé ! Ne vous gênez pas ! cria Bess en ramenant vivement les pans de son peignoir autour d'elle. Oh, c'est toi…

Levant les yeux, je vis Deirdre sur le seuil. Ignorant Bess, elle s'avança vers moi en déclarant avec animation :

– Nancy, je viens d'apprendre quelque chose de super important !

À en juger par ses yeux brillants, il devait plutôt s'agir d'un commérage croustillant. Mais cela ne signifiait pas qu'il serait inutile à l'enquête…

– Ah ? Quoi donc ?

– Voilà, j'étais au restaurant avec des dames du country club… Vous connaissez Mme Ruthann Lundy ?

– Oui, répondis-je.

« Malheureusement ! » pensai-je. Mme Lundy est une femme tapageuse, agressive, mordante, qui a épousé le procureur le plus teigneux de River Heights. Papa aime à dire que Jackson Lundy est prêt à intenter un procès à tout ce qui bouge. Il le côtoie depuis des années, et l'a affronté quelquefois au tribunal ; il lui réserve quelques surnoms de son cru, hauts en couleur, qui dépeignent son caractère de charognard.

– Eh bien, elle n'arrêtait pas de ronchonner, continua Deirdre, parce qu'elle a dû patienter plus d'un quart d'heure pour avoir son chili végétarien. Elle était tellement remontée qu'elle a tanné la serveuse pour que Tessa vienne la voir.

– Et Tessa est venue ? s'enquit Bess.

Deirdre hocha la tête :

– Mme Lundy lui a passé un sacré savon, croyez-moi ! Et puis elle s'est échauffée encore plus, parce que Tessa refusait de lui accorder la priorité pour entrer dans le grand bain de boue. Tessa prétendait que ce serait injuste envers les autres clientes, et tout ça. Enfin, bref, Ruthann

Lundy était fu-rieuse ! Elle est sortie du restaurant en braillant qu'elle allait ruiner le spa !

Je fis la grimace en imaginant la scène. Quand Ruthann Lundy se met à vociférer, c'est épouvantable... Du coup, j'avais peut-être un nouveau suspect à coucher sur ma liste !

– Mme Lundy était ici depuis longtemps ? demandai-je. Elle a passé la matinée au spa, ou elle est arrivée juste pour déjeuner ?

– Hé, tu me prends pour qui ? Sa nounou ? répliqua Deirdre en haussant les épaules. Je te rapporte ce que j'ai entendu, c'est tout. Oh, zut ! continua-t-elle en consultant sa montre. Faut que j'y aille ! J'ai un nettoyage de peau. Et, après, le grand bain de boue. Pas trop tôt !

Elle s'éclipsa. Je lançai à Bess un regard entendu.

– Intéressant..., lâcha-t-elle. Il y a quelque chose de plus là-dessous, à ton avis ?

– Difficile de trancher, dis-je en réfléchissant. Il se peut que Mme Lundy cherche à provoquer un litige pour amener une affaire à son mari. Un gros procès, ça rapporte beaucoup de publicité, et beaucoup de clients ! C'est un peu tiré par les cheveux, comme mobile, je te l'accorde. Mais, quand on connaît Lundy et sa femme, ça n'a rien d'invraisemblable.

– Certes, approuva Bess. Tu te rappelles la

fois où il a voulu attaquer en justice un aveugle et son chien pour leur réclamer soixante-quinze mille dollars d'indemnisation ? Il a fait passer plein d'annonces à la radio et ailleurs ! Les gens en ont parlé pendant des semaines ! Il serait sûrement ravi de faire un procès à Tessa, surtout après tout le battage médiatique autour de Hammam Diva !

– Bien vu ! C'est une piste à explorer. Je pourrais essayer de trouver des amies de Mme Lundy, elles sont peut-être au courant de quelque chose…

– Je vais t'aider, proposa Bess. Mais, d'abord, je dois annuler notre séance d'aromathérapie ! On se retrouve au restaurant d'ici un quart d'heure, OK ?

– OK. À plus !

Nous sortîmes du sauna. Bess se dirigea vers l'accueil tandis que je prenais la direction du restaurant. Comme je tournais à l'angle du couloir, je faillis me heurter au caméraman de Marletta Michaels qui, agenouillé, filmait les pieds de Marletta, chaussés des pantoufles de Hammam Diva. Ils étaient seuls.

– Oups ! Désolée, fis-je en m'écartant juste à temps.

– Rebonjour, Nancy ! me lança Marletta avec un grand sourire. Ne t'inquiète pas, ce n'est pas grave. On prenait quelques plans de coupe en patientant.

Et elle me désigna une porte proche, dont la plaque annonçait : « SOINS DU VISAGE ».

Un peu surprise par son accueil chaleureux, je lui rendis son sourire. Si elle m'en voulait d'être une « mangeuse de viande », elle le cachait bien ! J'étais aussi étonnée de la voir encore sur place. Allait-elle passer toute la journée au spa ?

– Ah, vous attendez votre tour pour un nettoyage de peau…, lâchai-je, ne sachant pas quoi répondre.

Alors que je m'apprêtais à poursuivre mon chemin, elle répondit d'un ton significatif en accentuant son sourire :

– Si on veut…

Son attitude m'intrigua aussitôt : encore mon satané « sixième sens », j'imagine…

– Si je comprends bien, vous ne regrettez pas d'être venue ici, fis-je.

– Certes non ! Je suis ravie qu'il y ait enfin un vrai havre de paix bio et végétarien à River Heights. C'est la cerise sur le gâteau, en quelque sorte !

M'ayant décoché un clin d'œil, elle continua d'un ton badin :

– Moi qui croyais seulement couvrir une

inauguration ! Faire un petit reportage sympa, sans plus ; pas de quoi briguer le prix Pulitzer.

– Mmm, marmonnai-je, me demandant à quoi elle faisait allusion.

– Ah là là, je suis trop bavarde ! lança-t-elle.

Puis, se tournant vers son caméraman :

– Mike, s'il te plaît, ordonne-moi de me taire avant que je crache le morceau !

– Taisez-vous, boss, dit Mike, docile.

– Je ne peux pas ! s'esclaffa Marletta. De toute façon, la célèbre Nancy Drew ne divulguera jamais mon secret…

Ayant regardé de part et d'autre du couloir pour vérifier si nous étions seuls, elle se pencha vers moi, et ses yeux brillèrent d'une jubilation à peine contenue :

– Je viens d'avoir un tuyau très excitant : il paraît qu'il y a un salon secret dans ce spa ! Et la première dame des États-Unis y recevrait des soins de peau en ce moment même !

# 9. Suspect en vue

– Quoi ? m'exclamai-je.

J'étais plus que sûre, évidemment, que la première dame des États-Unis n'était ni à River Heights, ni dans le spa ! En revanche, si Marletta en était convaincue et se mettait à fouiner pour s'assurer un scoop aussi extravagant, elle pourrait bel et bien finir par découvrir un super sujet pour son reportage : les sabotages.

La journaliste avait appris, comme tout le monde, l'intervention de Thomas Rackham ; cependant il n'y avait pas là de quoi fouetter un chat : les coups médiatiques délirants de Thomas ne donnaient jamais à penser à personne, et aucun individu sensé n'en rejetterait la responsabilité sur Tessa.

En revanche, si l'histoire du chili à la viande et le dangereux incident du sauna venaient à se savoir, cela pouvait faire fuir les clients et couler Hammam Diva – ou, du moins, entamer la réputation de ce commerce. Et je ne tenais pas du tout à ce que ça se produise.

– Vous êtes certaine de votre informateur ? demandai-je à Marletta. La première dame… cela paraît un peu gros…

– Justement ! me coupa-t-elle. C'est ce qui fait l'astuce de la chose ! Personne n'irait jamais s'attendre à ce qu'elle vienne dans un trou comme River Heights ! Selon moi, Rackham Industries doit être impliqué là-dedans. Tu sais l'intérêt que la femme du président porte aux œuvres de charité ; or cette entreprise verse beaucoup de dons à divers organism…

– Mais, enfin, pourquoi se rendrait-elle au spa ? l'interrompis-je à mon tour. Cela n'a vraiment pas de sens !

– Bon, je te quitte, Nancy, fit soudain Marletta comme si elle ne m'avait pas entendue. Il faut que je trouve Lulu !

Je lâchai un soupir de frustration. À quoi bon discuter ? Marletta était sûre de tenir le scoop du siècle, et rien de ce que je pourrais dire ou faire ne l'arrêterait ! Elle allait passer le spa au peigne fin jusqu'à ce qu'elle déniche la première dame… ou autre chose…

Quelle embrouille ! Il n'y avait apparemment qu'un moyen de désamorcer la situation : élucider au plus vite l'énigme des sabotages, avant que Marletta n'évente l'affaire. Comme elle se hâtait vers le hall, je pris la direction opposée, en quête de mes amies. Si je voulais résoudre ce mystère, je ne pouvais pas me passer de leur aide !

Elles m'attendaient au restaurant. Elles s'étaient attablées derrière des palmiers en pot, ce qui nous mettait un peu à l'abri des nombreuses clientes qui déjeunaient dans la salle spacieuse, joliment aménagée. Le plafond, qui représentait un ciel étoilé, les murs d'une teinte douce et les belles plantes vertes dispersées un peu partout donnaient l'impression qu'on se trouvait dans une clairière.

– On a déjà passé commande pour toi, m'annonça George alors que je prenais place. Ça ne devrait pas tarder.

– Super ! J'ai une faim de loup, dis-je, m'avisant soudain que mon estomac criait famine. Mais il faut qu'on parle ! Vous ne savez pas la dernière : Marletta est convaincue que la première dame est ici ! Elle est résolue à la débusquer ; alors, il y a d'autant plus de risques qu'elle découvre le pot aux roses.

– La première dame ? souffla Bess. D'où tire-t-elle cette idée ahurissante ?

– Si ça se trouve, c'est vrai ! s'esclaffa George, qui n'en pensait évidemment pas un mot.

– Rien n'est impossible, rigolai-je.

Mais leurs sarcasmes m'avaient donné à réfléchir. Qui avait bien pu suggérer à la journaliste une idée aussi absurde ? Je regrettais de ne pas lui avoir posé la question. Je me demandais si tout cela avait un lien avec les sabotages, et si quelqu'un cherchait à inciter Marletta à pousser ses investigations…

– En tout cas, il faut tirer l'affaire au clair, repris-je. Bon, si on passait encore une fois nos suspects en revue ?

Nous n'eûmes pas le temps de nous lancer : une serveuse arrivait avec nos plats. Bess et George avaient commandé trois chilis végétariens, des salades vertes et des boissons. Le chili sentait drôlement bon, et je m'y attaquai avec entrain. George fit d'abord des manières, maugréant à propos d'écolos stupides et de tofu insipide. Mais, après une première, et prudente, cuillerée, elle engloutit son plat avec une indéniable satisfaction.

– Revenons-en à nos suspects, dit Bess lorsque la serveuse se fut éloignée.

– Je maintiens Dan Monroe en tête de liste, déclarai-je entre deux bouchées. Et puis, on ne peut pas éliminer Thomas Rackham, puisqu'il est directement responsable d'une partie des problèmes. Ensuite, il y a les dames de Graine de beauté, la mystérieuse employée mentionnée par Deirdre et Patsy… et les Lundy, bien sûr ! Il faut y regarder de plus près de ce côté-là.

Je réfléchis un instant, puis demandai :

– J'oublie quelqu'un ? Qui aurait un mobile pour gâcher cette inauguration ?

– Pourquoi pas Tessa elle-même ? suggéra George. Elle cherche peut-être à faire couler sa boîte, j'ignore pourquoi. Ce qui est sûr, c'est qu'elle a eu la possibilité de commettre tous ces sabotages.

Après avoir réfléchi un instant, j'admis :

– Ça tient debout. Elle pourrait vouloir provoquer la faillite de son affaire pour toucher une assurance, par exemple.

En effet, cette thèse était loin d'être improbable – même s'il me déplaisait de penser que la charmante propriétaire puisse être coupable.

Bess dut se dire la même chose, car elle lâcha d'un air dubitatif :

– Tessa ? Mais elle est tellement sympa ! D'ailleurs, aucun indice ne la désigne.

– L'ennui, c'est qu'il n'y a aucun indice qui désigne qui que ce soit, soupirai-je.

Nous discutâmes encore un instant en achevant rapidement notre repas. Puis je me levai, revigorée.

– Je veux un complément d'information sur certains suspects, dis-je à mes amies. Allons chercher Deirdre.

Nous ne tardâmes pas à la trouver dans la salle de soins, où un jeune employé, très beau, lui massait les pieds. Elle ne parut pas apprécier notre irruption.

– Faites vite, OK ? grogna-t-elle. Je dois aller au grand bain de boue dans quarante-cinq minutes, et je ne veux pas être en retard. Tout le monde s'extasie sur cet endroit. Ce serait quand même inouï que je sois la dernière à l'essayer !

Elle était déjà fatiguée de jouer à la détective, c'était clair !

– Ce ne sera pas long, lui dis-je d'une voix apaisante. Tu as été très utile, aujourd'hui, et je me demandais si tu n'avais pas d'autres précisions à apporter au sujet de l'histoire que tu as entendue. Tu sais, l'employée qui s'est fait renvoyer.

Deirdre parut flattée.

– Eh bien, dit-elle en prenant une position plus confortable sur son fauteuil de massage, attends que je réfléchisse. Il me semble que… Hé ! Marco ! Je t'ai dit de te concentrer sur les voûtes plantaires !

– Désolée, mademoiselle, murmura Marco en rectifiant la position de ses mains.

– Ah, c'est mieux ! soupira Deirdre.

Puis, levant les yeux vers moi :

– J'en étais où ? Oh, oui, je ne crois pas t'avoir dit que je me suis souvenue du nom de la fille ?

– Celle qu'on a renvoyée ? m'exclamai-je avec excitation. Tu sais son nom ?

– Bien sûr. Elle s'appelle Kaylene. Elle travaillait au country club avant d'être ici. Je me souviens très bien d'elle. Elle avait un look épouvantable ! Des vêtements punky hideux, des cheveux blonds genre hérisson, avec des mèches de cinq centimètres, des bijoux tape-à-l'œil, la vraie cata. On l'avait forcée à porter un uniforme, heureusement… Mais ce n'était vraiment pas la joie de la voir passer dans le hall. Ils devraient avoir une entrée dérobée pour les employés…

Pour un peu, je l'aurais écharpée ! Dire qu'elle connaissait tant de détails sur un suspect capital et qu'elle ne m'en avait pas fait part ! Il était vrai qu'on ne pouvait guère compter sur Deirdre. C'était déjà beau qu'elle m'informe maintenant !

– Et pourquoi est-elle partie ? demandai-je. Elle a démissionné, ou on l'a renvoyée ? Tu connais son nom de famille ?

Deirdre me décocha un regard agacé :

– Hé, arrête l'interrogatoire, OK ? On n'est plus au temps de l'Inquisition ! Détends-toi un peu !

– Deirdre, repris-je, m'efforçant tant bien que mal de faire preuve de patience, s'il te plaît, c'est important.

Elle haussa les épaules :

– Si tu le dis… Eh bien, je ne sais pas exactement ce qui s'est passé. Je me rappelle juste qu'elle a eu des ennuis, une fois, parce qu'elle avait amené sa petite fille au boulot. Sa baby-sitter lui avait fait faux bond. Oh, oui, et puis, papa a dit, après son renvoi, qu'elle menaçait de les poursuivre en justice pour… euh, rupture excessive. Un truc comme ça.

– Rupture abusive de contrat, rectifiai-je, effarée de constater une fois de plus que, contrairement à moi, elle ignorait tout du métier de son père, avocat comme le mien.

J'échangeai un regard entendu avec Bess et George : ça, oui, c'étaient des informations qui pouvaient s'avérer utiles !

– Je peux même te la décrire, si tu veux, continua Deirdre. Surtout son horrible coiffure. Je la revois comme si j'y étais ! Un vrai gâchis, avec de si beaux cheveux blonds. Dis donc, Marco ! C'est ça, pour toi, la plante des pieds ? Je n'y connais rien en anatomie, mais si je ne m'abuse…

Je profitai de sa distraction pour marmonner un rapide au revoir et m'esquiver, suivie par mes amies.

– Eh bien, dis-je une fois dans le couloir, il est grand temps d'enquêter sur cette Kaylene !

– Oui ! approuva Bess. Ça me fait mal de l'admettre, mais, pour une fois, Deirdre sert à quelque chose…

– Si ce qu'elle raconte est vrai, souligna George. N'oublions pas à qui nous avons affaire. Elle n'a jamais brillé par la précision !

– Exact. Mais nous devons tout de même vérifier ces éléments, décrétai-je. Venez, on commence par les cuisines.

– Pourquoi les cuisines ? renâcla George.

– Parce que c'est là que travaillait l'employée qui s'est fait virer. Allons-y !

Bess acquiesça. George, se mordant la lèvre, marmonna :

– Je vous rejoins dans une minute. Euh, je dois aller aux toilettes…

Sans attendre de réponse, elle s'éclipsa en vitesse. Je dominai ma surprise. Le moment était mal choisi pour m'interroger sur l'étrange conduite de mon amie.

– Ce que Deirdre vient de nous apprendre donne une nouvelle impulsion à l'enquête, commentai-je tandis que Bess et moi nous hâtions dans le couloir. Cette Kaylene pourrait bien être la coupable.

Mon amie m'appuya :

– Ça colle bien, dans l'ensemble. Elle est familière des lieux et connaît les autres employées. Alors, il se peut qu'une complice l'ait aidée à entrer.

– Et ça correspond avec les cheveux blonds que j'ai trouvés, ajoutai-je avec un large sourire. Même si Deirdre n'est pas très fiable, je suis prête à parier que sa description de la coiffure de Kaylene est juste. Visiblement, ça l'a frappée !

Mon sourire s'effaça pourtant à mesure que je réfléchissais :

– En plus, nous savons maintenant que le mobile n'est peut-être pas la simple vengeance. Selon Deirdre, Kaylene a menacé de poursuivre le country club à la suite de son renvoi. Elle cherche peut-être aussi à justifier une action en justice contre le spa. Si elle parvient à faire accuser Tessa de négligence, avec tous ces « accidents », son cas n'en sera que mieux étayé devant un jury.

Comme nous parvenions en vue de la cuisine, nous cessâmes de discuter de l'affaire. Je vis, en poussant la porte, qu'il y régnait beaucoup plus d'animation qu'au début de la matinée. Une douzaine d'employés s'activaient dans une sorte de ballet chaotique, allant et venant avec les plats commandés par les convives. Je repérai Patsy à côté de la marmite de chili ; elle semblait monter la garde et veillait à remplir personnellement chaque écuelle. On ne pouvait lui en tenir rigueur, même si le saboteur n'était guère susceptible d'opérer deux fois de la même manière.

Cela m'ennuyait de déranger ces gens si occupés, mais l'urgence de la situation le justifiait : si les sabotages venaient à s'ébruiter, ils risqueraient de perdre leur travail !

Chacune de notre côté, Bess et moi questionnâmes les employés au sujet de Kaylene. Il n'était pas bien difficile de les amener à parler ! Ils ne demandaient pas mieux, semblait-il, que de s'étaler sur sa paresse, sa mauvaise volonté, sa susceptibilité. Apparemment, avant l'histoire du sandwich à la dinde – et celle du bain de boue dont Deirdre avait parlé que plusieurs employés me racontèrent aussi –, Kaylene n'avait guère été une collègue modèle…

Au bout de quelques instants, Bess me rejoignit et me chuchota :

– Mince ! Qu'est-ce qu'ils déballent !

Je hochai la tête, tout en m'assurant du regard que personne ne pouvait nous entendre.

– Le moins qu'on puisse dire est que Kaylene n'est pas très populaire, lui soufflai-je. Malheureusement, ça ne simplifie pas notre affaire. Tu comprends, il est tentant de croire qu'une fille aussi déplaisante a effectué ces sabotages. En contrepartie, il est évident que personne ici n'irait la couvrir si elle était suspecte. Or, en dehors de Deirdre, personne n'affirme l'avoir vue au spa aujourd'hui. En fait, je serais surprise que Kaylene ose se montrer ici.

– Tu en es sûre ? fit Bess, qui tressaillit en fixant un point par-dessus mon épaule. Parce que je crois bien que c'est elle, là-bas !

## 10. Surprise déplaisante

Je fis volte-face juste à temps pour voir une jeune femme blonde à la coiffure ébouriffée se diriger vers le restaurant.

– Vite ! m'écriai-je en partant comme une flèche, suivie par Bess.

Nous rejoignîmes notre proie à quelques pas des premières tables. Elle s'était arrêtée pour lorgner un plateau de desserts près du poste des serveurs.

– Excusez-moi, lui lançai-je, vous vous appelez Kaylene ?

Elle leva ses yeux bleus d'un air tranquille.

– Non, nous dit-ellc aimablement. Mais vous n'êtes pas tombée loin. Mon prénom est Kate.

– Kate ? C'est un diminutif, non ? Votre vrai nom est Kaylene ?

– Non, pas Kaylene, soutint-elle, de plus en plus perplexe. Kate. Kate tout court.

Au bout d'une brève conversation un peu confuse, je compris que la jeune femme aux cheveux hérissés ne cherchait à tromper personne : elle n'était pas la mystérieuse Kaylene, simplement une cliente avec une coiffure comparable. Après nous être excusées auprès d'elle, Bess et moi repartîmes en direction de la cuisine.

– La honte ! marmonnai-je. Qu'est-ce que j'étais gênée !

Bess hocha la tête.

– J'aurais dû me rendre compte que je faisais erreur, dit-elle, penaude. Deirdre a précisé que Kaylene avait des mèches de cinq centimètres, tu te rappelles ? Alors que celles de Kate n'en ont qu'un ou deux. Et ses cheveux sont juste ébouriffés au gel, pas vraiment hérissés…

J'acquiesçai distraitement. Je me fichais pas mal des détails de coiffure ! Le temps passait, et nous n'étions pas plus avancées. De plus, mon fameux sixième sens me soufflait que la piste de la cliente vengeresse était une fausse piste. Je me demandais aussi si Patsy Wright avait confondu Kate et Kaylene, tout comme Bess et moi, et si les commérages recueillis par Deirdre avaient le moindre fonds de vérité…

Arrêtant au passage une serveuse qui, un instant plus tôt, m'avait longuement parlé de Kaylene, je lui demandai :

– Kaylene est blonde, c'est ça ? Avec des cheveux hérissés ?

– Oh non, pas du tout ! répondit-elle. Tessa l'avait avertie dès le premier jour qu'elle ne pourrait pas garder cette coiffure. Alors, elle a tout de suite filé chez le coiffeur, conclut-elle en continuant sa route vers la cuisine.

– Elle s'est débarrassée de ses piquants de hérisson ? s'enquit Bess alors que nous lui emboîtions le pas.

– Elle est allée encore plus loin ! fit la serveuse. J'ignore si elle voulait provoquer Tessa ou si c'était juste du mauvais goût de sa part, mais elle les a fait teindre en pourpre et couper à la garçonne.

Je soupirai, découragée. Nous étions de retour à la case départ.

Ayant remercié la serveuse, je me mis à l'écart avec Bess dans un recoin de la cuisine.

– On n'a plus qu'à rayer Kaylene de notre liste de suspects, commentai-je.

– Tu en es sûre ? Elle a tout de même un bon mobile.

– Je sais. Mais, plus je parle avec les gens, plus je suis convaincue qu'elle ne pourrait jamais se faufiler ici et y faire des dégâts sans être repérée. Surtout si elle a des cheveux pourpres ! De plus, achevai-je en lorgnant la marmite de chili, elle n'a pas pu laisser les cheveux blonds que j'ai trouvés sur le fourneau.

– Juste, concéda Bess. Alors, que fait-on, maintenant ?

– Allons chercher George. Il faut qu'on enquête sur les autres suspects, et sans traîner !

Nous n'avions fait que quelques pas lorsque nous entendîmes des voix échauffées. Reconnaissant celle de Tessa, nous échangeâmes un regard éloquent.

– Viens, chuchotai-je à Bess.

Dans le couloir principal, nous vîmes, à quelques mètres de là, Tessa et Marletta face à face. Il y avait aussi le caméraman – qui n'était pas en train de filmer.

– … et je peux vous assurer qu'il n'y a rien de vrai dans ces rumeurs ! déclarait Tessa, rouge de colère, en foudroyant Marletta du regard. Si vous n'arrêtez pas de harceler mes employés pendant leur travail, je devrai vous demander de sortir d'ici !

– Allons, voyons, Tessa ! répliqua Marletta

avec vivacité. Vous ne pourrez pas dissimuler bien longtemps une chose pareille.

J'eus un coup au cœur : Marletta avait-elle découvert les sabotages ?

– Je ne cache rien du tout ! s'insurgea Tessa. Je n'ai jamais rencontré la femme du président !

Je frissonnai, à la fois soulagée et inquiète. Vu l'attitude de Marletta, il était évident qu'elle n'était pas près de renoncer à son fameux scoop. Si je ne découvrais pas le fin mot de l'affaire au plus vite, les choses allaient forcément s'emballer, surtout si l'auteur des sabotages décidait de frapper à nouveau. Et ça, j'aimais mieux ne pas l'envisager…

– Allons-nous-en, murmurai-je à Bess en l'entraînant.

Ni Tessa ni Marletta ne semblaient nous avoir repérées, mais, alors que nous tournions à l'angle du couloir et que je jetais un coup d'œil par-dessus mon épaule, je vis que le caméraman nous suivait du regard avec curiosité.

Nous trouvâmes George un instant plus tard dans une des salles de massage. Appuyée contre une table, chantonnant au son de la musique relaxante qui s'échappait des haut-parleurs, elle regardait une masseuse à peau brune s'occuper d'une femme grassouillette d'une cinquantaine d'années : Mme Hancock, membre du country club et amie de Mme Lundy. Elle était en pleine conversation avec George.

– Salut, lançai-je, me demandant quel attrait George pouvait bien trouver à la compagnie de Mme Hancock. Désolée de vous interrompre.

– Y a pas de souci, fit George. Mme Hancock me met au courant des derniers commérages.

– N'aie pas mauvais esprit, Georgia ! protesta faiblement Mme Hancock. Ne l'écoutez pas, mesdemoiselles. Nous parlions de choses et d'autres en tout bien tout honneur.

« Elle l'appelle Georgia ! » pensai-je, étonnée de son intimité avec mon amie. Puis je me rappelai qu'elle était une cliente régulière de l'entreprise de restauration de la mère de George. De plus, alors que Mme Hancock glissait un mot à la masseuse, George me décocha un clin d'œil complice en disant :

– Mme Hancock me racontait que son amie Mme Lundy a été la voisine de Tessa.

« Tout s'explique ! conclus-je en souriant. George travaille sur notre affaire ! » Mais, prenant conscience de la portée de cette déclaration, je m'exclamai :

– C'est vrai, madame Hancock ? Tessa habite à côté de Mme Lundy ?

– *Habitait*, rectifia Mme Hancock, se redressant sur un coude alors que la masseuse se déplaçait pour lui malaxer les mollets. Du temps où elle était encore mariée à Dan. Tessa et Ruthann étaient plutôt amies. Enfin... jusqu'à ce que Jackson accepte de représenter Dan dans le divorce.

J'échangeai un regard aigu avec mes amies. Cette information donnait à penser ! Elle éclairait d'un jour nouveau l'affaire, et le comportement de Mme Jackson Lundy. Était-il possible que cette dernière et Dan Monroe fussent de mèche ? Les Lundy étaient-ils capables de se prêter à des actes de sabotage ? « Plus ça va, plus ça se complique... », soupirai-je en mon for intérieur.

Le téléphone portable de Mme Hancock sonna à ce moment-là, et elle le saisit pour répondre :

– Oh, Ruthann, c'est toi ? Tu es au club ?

Faisant signe à mes amies, je m'éloignai discrètement de la table de massage.

– Alors, fit George, l'air très satisfaite d'elle-même, j'ai mis dans le mille ?

– Peut-être.

– *Peut-être* ? Tu veux rire ! C'est une info capitale, reconnais-le, Nancy !

– Oui, tu as raison. Beau travail, George ! dis-je en souriant. C'est juste que je ne vois pas très bien comment ça s'emboîte avec le reste, tu comprends ?

Bess hocha la tête.

– Plus on en apprend, moins on y voit clair, murmura-t-elle. Je sais que les Lundy sont un peu dingues, mais de là à les imaginer en saboteurs…

J'approuvai. Je commençais à avoir mal au crâne, et la musique qui résonnait dans la pièce n'arrangeait rien. Je tentai de me secouer, cherchant à trier le méli-mélo d'indices et d'informations que j'avais réunis pour former un schéma logique. Quelque chose me titillait à l'arrière-fond de mon esprit ; il me semblait que je laissais échapper un élément, une relation importante…

Inspirant profondément, je laissai errer mon regard sur Mme Hancock, toujours en train de discuter au téléphone.

– Il faut faire le point, dis-je à mes amies. Nous n'avons pas cessé de passer du coq à l'âne, depuis ce matin. Ça ne nous mènera à rien. Nous devons faire preuve d'esprit de déduction, examiner les faits et…

– HAAAAAAAAAAAAAA !

Ce cri strident et tout proche nous fit sursauter. Aussitôt après, des pas précipités retentirent dans la pièce voisine.

– Qu'est-ce que c'était ? hoqueta Bess.

J'avais déjà bondi vers la porte, talonnée par George.

– Courons voir ! m'exclamai-je.

Nous nous ruâmes hors de la salle de massage, dont la porte donnait sur un coin repos. À l'autre bout se trouvait la fameuse salle des thermes – en fait, le grand bain de boue. Je n'en avais pas encore franchi l'entrée, mais plusieurs personnes l'avaient mentionné devant moi à maintes reprises, ce jour-là.

La porte était ouverte. Au-delà retentissaient des hurlements et des appels.

Je courus jusqu'au seuil. Un bref instant, je fus distraite par le spectacle architectural qui s'offrait à moi. L'immense salle était encore plus vaste et impressionnante en vrai qu'à la télévision : de nombreuses colonnes en plâtre sculpté soutenaient le haut plafond voûté, et elle était entièrement décorée de mosaïques et de fresques qui lui conféraient une élégance intemporelle. D'imposants palmiers en pot ondoyaient doucement au rythme de la brise créée par plusieurs grands ventilateurs fixés au plafond.

Mon attention se reporta sur la foule amassée autour du vaste bassin de boue compartimenté qui occupait le centre de la salle. C'était de là que provenaient les hurlements. On voyait des clients enveloppés dans des peignoirs ou des draps de bain, et deux employés en uniforme. La majorité des clientes s'étaient juchées sur les bancs en teck ou sautaient d'un pied sur l'autre. Leur agitation s'accentua, et plusieurs d'entre elles bondirent de côté en poussant des cris perçants.

– Que se passe-t-il ? haleta Bess, qui venait de me rejoindre.

– Mystère, murmurai-je.

J'avançai pour voir de plus près ce qui causait ce bouleversement et, ayant dépassé une large colonne, je pus examiner le bain le plus grand.

D'énormes blattes surgissaient par douzaines de la boue chaude !

# 11. Cauchemar

– Quelle horreur ! s'exclama Bess bondissant en arrière alors qu'un des insectes fusait dans notre direction en émettant un sifflement menaçant.

Il mesurait plusieurs centimètres ! Son corps marron foncé et luisant brillait sous les rayons du soleil qui se déversaient par la verrière. Quelques douzaines de ces répugnantes créatures couraient sur le sol dallé, galopaient sur la boue ou grimpaient à l'assaut des murs ! Leurs sifflements se répercutaient entre les parois carrelées, donnant l'impression que les lieux étaient envahis par des serpents. J'eus un haut-le-corps en voyant non pas les blattes géantes

– qui en auraient pourtant rebuté plus d'un ! – mais Marletta, qui considérait cette scène de panique avec un vif intérêt. Plantée sur le seuil d'une autre entrée de la grande salle, elle était flanquée de ses acolytes et, déjà, le caméraman levait sa caméra à l'épaule.

George les avait remarqués elle aussi. Elle murmura :

– Zut et rezut ! Tessa ne va pas pouvoir étouffer ça, cette fois.

J'acquiesçai. Les hurlements stridents attiraient tous ceux qui passaient dans les parages ; d'autres spectateurs venaient s'amasser dans les accès aménagés sur le pourtour de la salle, en tendant le cou pour mieux voir.

Je m'avisai soudain que j'avais peut-être l'occasion inespérée de tirer les choses au clair. Et, regardant autour de moi, je pris mentalement note des personnes présentes. Car l'auteur des sabotages était sans doute encore dans les parages ! Peut-être même sur place !

Sur un des seuils, je repérai Patsy, la cuisinière en chef, et plusieurs de ses aides.

– Comment gagne-t-on les cuisines, à partir d'ici ? murmurai-je à Bess.

Se détournant un instant des blattes qui cavalaient de toutes parts, elle me désigna l'entrée où se trouvait Patsy :

– Par là. Pourquoi ? Tu penses que ces horreurs viennent de là ?

Tout en faisant « non » de la tête, je me réjouis une fois de plus de l'étonnant sens de l'orientation de Bess. Elle est capable de s'y retrouver dans le dédale d'un centre commercial et, qui plus est, de situer les points cardinaux !

Du coin de l'œil, je voyais confusément que Marletta s'avançait vers le centre de la salle. Elle allait sans hâte pour que Lulu achève de retoucher sa coiffure à l'aide d'une brosse et d'un aérosol de laque. Rembrunie, j'imaginai l'effet qu'allait produire, ce soir-là à la télévision, la diffusion des images des blattes envahissant le bain de boue. Dans un trou comme River Heights, ce serait la une des infos locales !

Plus que jamais poussée par un sentiment d'urgence, je continuai à passer les lieux en revue. Je remarquai une hôtesse de la réception, au milieu d'un groupe.

Je fis un pas en avant, tentant de différencier les badauds qui venaient d'arriver de ceux qui étaient présents dans la salle à l'apparition des blattes.

– Attention, Nancy ! hoqueta Bess derrière moi. Ça grouille de part… beurk !

Elle bondit en arrière : une blatte géante se ruait vers nous, poursuivie par un employé. Je reconnus Marco, le masseur.

– Navré, mesdemoiselles, dit-il en se précipitant vers la bestiole, un gobelet en carton à la main.

Il parvint à l'en coiffer. Il glissa dessous une feuille de papier pour retourner et retenir la bestiole prisonnière.

– Nous vous aurons bientôt débarrassées de ces créatures, nous assura-t-il.

Et il s'éloigna en hâte sans attendre de réponse. Je ne pus réprimer un frisson. Je ne suis pas particulièrement effarouchée par les insectes rampants, mais il fallait reconnaître que ces blattes semblaient plutôt belliqueuses !

À en juger par les cris qui ne cessaient de retentir, je n'étais pas la seule de cet avis… Regardant autour de moi pour identifier la cliente qui venait de pousser un hurlement suraigu, je vis Deirdre, plaquée contre une paroi près d'un groupe de dames du country club. Un instant, je l'observai. Je devais admettre qu'elle s'était avérée utile. Cette affaire était si compliquée qu'il était bon de bénéficier d'une partenaire supplémentaire.

Hélas, ce renfort ne suffirait peut-être pas à

triompher de ce mystère. Si j'avais pu questionner les personnes présentes, j'aurais sans doute déniché un élément pour progresser. Mais il m'était impossible d'entreprendre des interrogatoires sans compromettre encore plus l'avenir de Hammam Diva. Mon regard alla de Patsy et son équipe à la réceptionniste et au courageux petit groupe d'employés qui chassaient les blattes en vadrouille. S'ils apprenaient tout ce qui s'était passé ici aujourd'hui, ils n'en mèneraient pas large !

– Toute la ville ne tardera pas à être au courant, murmurai-je, examinant Marletta, qui brandissait son micro face à la caméra.

– Pardon ? fit Bess en me lançant un bref coup d'œil.

– Rien, je... Je viens de m'aviser que quelqu'un a très bien pu remarquer un élément révélateur, et je ne lui ai pas encore parlé. J'en ai pour une minute.

Tandis qu'elle m'adressait un regard déconcerté, je louvoyai pour éviter une blatte et me hâtai vers Lulu. Juste hors du champ de la caméra, la jeune femme regardait sa patronne à l'œuvre.

Je l'abordai en me gardant d'élever la voix, car je ne tenais pas à ce que le micro capte mes propos :

– Bonjour ! Vous travaillez pour Marletta, n'est-ce pas ? Je m'appelle Nancy Drew.

– Bonjour, me répondit-elle. Je m'appelle Lulu. Et je travaille pour Marletta, oui. Depuis bientôt six ans. J'ai commencé en sortant de fac. Pourquoi ?

Je cherchai mes mots :

– Euh… comme vous l'avez constaté, il s'est passé ici une ou deux choses anormales. Par exemple, ceci, précisai-je en désignant les blattes. J'essaie de comprendre qui peut se trouver derrière tout ça. Puisque votre équipe est là depuis le début de la journée, je me demandais si vous n'aviez rien remarqué de suspect…

– Si quelque chose ne tourne pas rond, Marletta tirera ça au clair, j'en suis sûre, me dit-elle après m'avoir dévisagée un instant. C'est la meilleure journaliste d'investigation que je connaisse, même s'ils ont tendance à l'oublier, à la chaîne. Oh, mais au fait ! C'est sûrement ça ! conclut-elle avec brusquerie.

Je tendis l'oreille : s'était-elle rappelé un comportement dont elle avait été témoin, des propos compromettants ?

– Je parie que ça vient d'une jeune journaliste de River Heights News, reprit-elle avec force. Une fille comme Stacey Kane, par exemple. Elle veut constamment en remontrer à Marletta et la faire passer pour une nullité. Elle ne possède pas le dixième de son expérience, mais, parce qu'elle est jeune et jolie, elle veut tout diriger ! Ça ne m'étonnerait pas qu'elle essaie de supplanter Marletta en sabotant ce reportage, et…

Comme elle continuait sur sa lancée, j'étouffai un soupir. Lulu n'avait rien de bien concluant à m'apprendre ! Cependant sa thèse extravagante venait de m'inspirer une idée : et si Marletta elle-même était la coupable ? Si elle était menacée de perdre son travail, comme Lulu le suggérait, elle était peut-être aux abois, et prête à tenter un coup tordu. Elle pouvait viser à s'assurer un reportage à sensation en provoquant du grabuge chez Hammam Diva… N'avais-je pas moi-même supposé que l'affaire des blattes serait le sujet vedette des infos de ce soir ?

De plus, Marletta avait eu la possibilité de perpétrer tous les sabotages ! Elle avait traîné ici toute la journée, et souvent seule – exception faite de son équipe. Il me semblait peu probable qu'une journaliste aussi connue dans notre région risque de compromettre sa crédibilité et sa réputation en se prêtant à des coups de pub stupides. Mais on ne pouvait jamais prédire de quoi les gens étaient capables lorsqu'ils se sentaient acculés…

Je tressaillis, frappée par un détail : Lulu, qui continuait à se répandre sur la méchanceté de Stacey Kane, venait d'ôter machinalement un amas de cheveux blonds de la brosse qu'elle tenait encore en main. Et il avait le même aspect que celui que j'avais trouvé dans la cuisine !

Bien entendu, même s'il s'agissait des cheveux de Marletta, cela ne signifiait pas pour autant qu'elle était la coupable. Je savais depuis le début que cet indice n'avait pas une valeur déterminante. Et je voulais éviter de lui accorder une importance disproportionnée.

– Lulu ! Rouge à lèvres ! Vite !

Lulu tressaillit aux ordres que lui lançait Marletta. Je vis que le caméraman prenait des gros plans des blattes qui avaient échappé à la chasse des employés.

– Houlà ! Il faut que j'y aille, marmonna Lulu en fourrant la brosse dans son sac à bandoulière pour courir vers sa patronne.

Je les observai un instant, puis me détournai, frustrée et impatientée. Plus j'enquêtais, plus j'ajoutais de suspects à ma liste… et moins j'étais convaincue que l'un d'entre eux puisse être le coupable ! J'étais tarabustée par la sensation persistante que je laissais échapper une pièce capitale du puzzle. Ah, si je pouvais déterminer ce que c'était ! Tout le reste se mettrait en place, j'en aurais juré !

Je rejoignis Bess, qui m'attendait à l'endroit où je l'avais laissée. George n'était pas en vue, une fois de plus. Remarquant mon expression, mon amie leva les yeux au ciel :

– Elle a encore disparu ! Elle avait besoin d'aller aux toilettes, soi-disant. Quand je lui ai fait remarquer qu'elle y avait pratiquement passé la journée, elle a prétexté une histoire d'indigestion de tofu et de jus de carotte, et elle s'est éclipsée.

Je soupirai. Le petit numéro d'escamotage de George commençait à sentir le réchauffé !

– Sortons une minute, suggérai-je.

Dans le couloir désert, on percevait le brouhaha de la foule rassemblée au bain de boue.

– Écoute, commença Bess, ce comportement mystérieux de George…

– … n'a que trop duré ! Il y en a marre, à la fin ! Ça m'ennuierait qu'elle soit malade, mais j'aimerais autant qu'elle le dise, au lieu de passer son temps à jouer à la femme invisible. Contrairement à son habitude, elle n'est pas très utile dans cette enquête !

L'air inquiet, Bess soupira :

– Je sais. Il est grand temps de lui parler pour savoir ce qui cloche.

– Je suis d'accord. Séparons-nous pour jeter un coup d'œil dans les lavabos. Tu vas par là, du côté des salles de massage, et moi, en sens inverse. On se retrouve ici après.

Nous nous hâtâmes chacune de notre côté. J'essayai de me souvenir de la localisation des toilettes les plus proches, et m'avisai que c'étaient celles du restaurant. Repérant la porte réservée au personnel, je pensai qu'il serait plus rapide de couper par la cuisine. Personne n'irait s'en plaindre : les aides étaient en train de suivre les opérations antiblattes dans le bain de boue.

Je franchis le seuil et longeai le couloir, l'esprit occupé par George, si bien que je ne ralentis même pas en atteignant les portes battantes de la cuisine. Du moins… jusqu'à ce que je manque de trébucher sur Lulu, étendue en travers !

# 12. Mobiles retors

Secouée, je m'agenouillai près de la jeune femme.

– Lulu ! m'écriai-je. Est-ce que ça va ?

Avant même que mes doigts aient trouvé son pouls, elle gémit et remua. Ses yeux bruns s'ouvrirent, me fixant d'un air vague.

– Qu… qu'est-ce qui m'arrive ? coassa-t-elle d'une voix rauque.

– J'allais vous poser la même question, lui dis-je gentiment en l'aidant à se redresser. Vous vous êtes sentie mal ?

Lulu porta une main à son front. Elle avait l'air sonné. Elle énonça avec lenteur, en rajustant ses lunettes déplacées par le choc :

– Quelqu'un m'a saisie par-derrière. Et puis, j'ai reçu un coup sur la tête. À part ça, je ne me souviens de rien.

Je hochai la tête d'un air assombri : je venais d'apercevoir une poêle à frire gisant au sol tout près de là. Le fond était bosselé, comme si on avait assené un grand coup avec.

– Avez-vous vu la personne qui vous a frappée ? demandai-je. Vous a-t-elle dit quelque chose ?

– Non, je ne crois pas, murmura Lulu, bouleversée, en se tâtant le crâne. C'est arrivé si vite…

– Ça va aller, lui assurai-je. Restez assise un moment. Je vais vous chercher un verre d'eau.

Je me redressai, jetant un coup d'œil sur la poêle à frire et me demandant si je ne devais pas la retirer avant que l'huile qui s'en écoulait n'imprègne la moquette.

Soudain, je souris : un éclair de compréhension venait de me traverser l'esprit. Je savais très exactement *qui* était à l'origine de tous les sabotages chez Hammam Diva !

Avant que j'aie le temps d'entreprendre quoi que ce soit, des bruits de pas précipités retentirent dans mon dos. Je vis accourir Tessa, suivie de Marletta, Pasty, Bess, George, Deirdre et une bonne douzaine d'autres personnes.

– Mon Dieu ! s'écria Tessa en voyant Lulu adossée au mur, blanche comme un linge. Que s'est-il passé ?

J'ouvris la bouche, prête à donner des explications, mais Marletta ne m'en laissa pas le temps.

– Lulu ! hurla-t-elle. Pauvre chérie ! Qu'est-ce qu'on t'a fait ?

Lulu répéta son histoire d'une voix faible. Pasty avait filé dans la cuisine, d'où elle rapporta un verre d'eau. Il y eut pas mal de remue-ménage pendant quelques instants : les gens s'affairaient autour de Lulu, s'assuraient qu'elle n'était pas blessée, et l'aidaient précautionneusement à gagner le restaurant et à s'asseoir à une table.

Je saisis alors l'occasion qui m'était offerte. M'étant éclairci la gorge, je m'avançai au centre du groupe.

– S'il vous plaît, énonçai-je d'une voix forte, je vous demande votre attention ! Tessa, je vous informe que j'ai enfin découvert qui a essayé de saboter votre inauguration.

Je marquai un temps d'arrêt tandis que mon auditoire lâchait des cris étouffés. J'avais conscience d'en faire un peu trop, comme les détectives des vieux films policiers mélodramatiques. Mais cela me paraissait recommandé, en l'occurrence. Si je voulais laver la réputation de Tessa une bonne fois pour toutes, il fallait que le plus grand nombre de témoins possible assiste à mes déclarations.

– Que veux-tu dire, Nancy ? s'enquit Tessa avec une note d'espoir dans la voix.

Je vis que le caméraman de Marletta s'était mis à filmer, et je répondis avec calme :

– Je sais qui a mis de la viande dans le chili végétarien et qui a trafiqué les commandes du sauna. Je soupçonne cette même personne d'avoir envoyé à Thomas Rackham le courrier électronique qui l'a amené à venir manifester. C'est elle aussi qui vient de lâcher les blattes géantes dans le bain de boue.

Un silence total régnait dans la pièce. J'avais entièrement capté l'attention de tous. Même George ne semblait pas songer à s'éclipser, pour une fois.

– Je me suis efforcée depuis le début de déterminer qui avait à la fois un mobile et l'opportunité de perpétrer tous ces coups fourrés, continuai-je. La cuisine était déserte lorsqu'on a mis la viande dans le chili – même Patsy était absente, appelée à s'occuper d'une livraison qui s'est avérée erronée.

Je vis que la cuisinière en chef hochait la tête en m'écoutant avec curiosité.

– Cela signifie, continuai-je, que n'importe qui aurait pu faire le coup : un client, un employé ou un simple passant venu du dehors. C'est à peu près la même situation en ce qui concerne le sauna. Les commandes se trouvent à l'extérieur, donc, une fois la porte close, la victime ne peut pas s'apercevoir que quelqu'un manipule le thermostat.

Cette fois, je regardai Deirdre. Elle s'était rembrunie, songeant sans doute à sa déplaisante mésaventure.

– Et puis il y a eu le bris de la vitre, repris-je. Là, nous savons qui est l'auteur du fait. Les témoins ne manquaient pas, et d'ailleurs Thomas a avoué.

– Tu suggères que Thomas est l'auteur des sabotages ? s'enquit Deirdre. C'est impossible, Nancy ! Même s'il avait pu quitter la manifestation assez longtemps pour filer dans les cuisines et le sauna, il n'a pas pu lâcher les blattes : il était au poste de police lorsque ça s'est produit !

J'approuvai d'un signe.

– Alors, tu supposes que Thomas avait un complice à l'intérieur ? suggéra Bess.

– Non. Il n'est sûrement pas impliqué dans ce qui s'est passé ici. Selon moi, la personne qui lui a envoyé un e-mail, et qui a tout fait, se trouve dans cette salle !

Ce fut un émoi général. Je faillis sourire de la théâtralité de la scène. Je me contraignis pourtant à rester imperturbable en regardant mon public. Tout le monde me dévisageait d'un air dérouté, médusé et curieux – exception faite d'un seul membre de l'auditoire, qui se montrait tout à coup plutôt nerveux et détournait le regard.

Cela suffit à me conforter dans mon hypothèse. Je poursuivis donc, pressée d'en finir, maintenant que j'étais sûre de mon intuition.

Désignant la poêle à frire qui gisait au-delà du couloir, j'annonçai :

– Voici l'élément qui m'a apporté la réponse. Lulu a dit qu'on l'a frappée par-derrière, et cette poêle à frire cabossée est l'arme évidente. Mais j'ai très bien vu que cet ustensile a servi tout récemment. En fait, il dégoutte encore d'huile !

– D'huile d'olive, précisa Patsy.

– Or, repris-je, comme vous pouvez tous le constater, les cheveux de Lulu sont parfaitement secs.

Je désignai l'assistante, recroquevillée sur son tabouret, l'air terrorisée.

– Si on l'avait vraiment assommée avec cette poêle, ses cheveux seraient tout gras en ce moment !

J'allais continuer mon exposé, mais ce ne fut pas nécessaire. Lulu se leva en poussant un cri strident et s'élança vers la porte.

Elle ne put aller bien loin. Quelqu'un l'arrêta et, après une brève lutte, elle cessa de se débattre et fondit en sanglots.

– Pardon, Marletta, gémit-elle entre ses larmes. C'est pour toi que j'ai fait ça ! Je croyais t'aider… Je ne pensais pas me faire prendre…

Son intonation douloureuse me frappa. J'étais contente d'avoir levé le mystère, mais je ne pouvais pas m'empêcher d'avoir de la peine pour elle. Jetant un coup d'œil en arrière pour jauger la réaction de mes amies, je vis qu'elles regardaient Lulu avec pitié.

Quant à Patsy, elle s'était avancée de quelques pas et scrutait George avec curiosité.

– George Fayne ? fit-elle avec surprise avant que George ne réédite une fois de plus son petit numéro de disparition. George, c'est bien toi ?

Quelque temps plus tard, je poussai un soupir d'aise en remuant mes orteils dans la boue chaude et douce. Enfin débarrassé des blattes géantes, le bain s'avérait aussi voluptueux que promis. Et, comme plusieurs clientes s'étaient montrées plutôt réticentes à l'essayer aussitôt après l'incident, nous avions droit, mes amies et moi, à un grand bain pour nous toutes seules. Les gens ne savaient pas ce qu'ils manquaient !

Comme si elle avait lu dans mes pensées, Bess soupira paresseusement :

– Cet endroit est génial !

– Tu m'en diras tant, marmonna George, beaucoup moins détendue et vaguement impatientée. La boue, on s'en fiche. J'attends toujours que Nancy nous explique comment elle a compris que Lulu était coupable !

Bien qu'une grande heure se fût écoulée depuis que Lulu avait été emmenée par la police, mes amies n'étaient pas encore au fait de tous les détails de l'affaire. Il y avait eu pas mal de branle-bas à Hammam Diva depuis les aveux de l'assistante. J'avais été accaparée un bon moment : d'abord par Marletta, qui voulait boucler son reportage ; puis par Tessa, reconnaissante ; et aussi par un bon nombre de clientes brûlant de curiosité. Je n'avais pu m'entretenir que quelques instants avec Lulu. Cette brève conversation m'avait tout de même permis d'identifier d'autres pièces du puzzle. L'assistante tenait à ce que ses actes ne soient pas imputés à sa patronne ; elle m'avait donc lâché pas mal d'informations intéressantes avant que le chef McGinnis ne la fasse emmener, menottes aux poignets.

– Eh bien, j'avais remarqué que la poêle était huileuse, ça, vous le savez déjà, dis-je. Et, vu la déformation du fond bosselé, le coup n'aurait pu être porté que du côté creux. Dans ce cas, il y aurait donc eu une plaque graisseuse sur la tête de Lulu et…

– OK, ça, on a pigé, me coupa George. Comment as-tu su qu'elle était l'instigatrice des autres coups fourrés ?

– Oui, enchaîna Bess, hochant la tête. Elle aurait très bien pu simuler une agression pour donner matière à reportage à sa patronne, sans que ça ait forcément un rapport avec le reste.

– Eh bien, dis-je en m'enfonçant encore un peu plus, avec délice, dans la boue, ça s'est clarifié par éliminations successives. Vous comprenez, je m'étais efforcée de déterminer qui avait eu l'opportunité de commettre *tous* les sabotages, et il m'était venu à l'idée que Marletta pouvait être la coupable, puisqu'elle avait pu aller et venir comme bon lui semblait dans le spa pendant toute la journée. Par conséquent, Lulu avait pu en faire autant – et même plus facilement que Marletta, puisqu'elle attire beaucoup moins l'attention.

– Effectivement, convint George. Mais dans quel but a-t-elle agi ?

– C'est en réussissant à déterminer son mobile que j'ai tout élucidé, répondis-je. Vous avez dû remarquer que Lulu est très dévouée à Marletta, non ?

– Ah, çà ! lâcha Bess. Elle est en adoration devant elle !

J'approuvai d'un signe de tête :

– Et c'est pour ça qu'elle était si déterminée à l'aider lorsqu'elle l'a crue menacée dans son job. Lorsque j'ai interrogé Lulu pour savoir si elle avait remarqué quelque chose de suspect, elle a répondu à côté : elle m'a parlé des jeunes journalistes aux dents longues qui veulent supplanter Marletta. Ce doit être partiellement vrai, j'imagine. Marletta est un peu plus âgée que ses consœurs de la chaîne. C'est loin d'être un atout dans le monde des médias…

– Oui, approuva Bess. C'est vraiment nul. Il est logique que Lulu se soit fait du souci pour la carrière de sa patronne.

– Surtout si elle était reléguée aux reportages mineurs, genre l'ouverture d'un nouveau spa, souligna George.

– Par exemple, dis-je. En réalité, je crois

que Marletta a tenu à couvrir cette inauguration à cause de sa passion pour tout ce qui est biologique et végétarien. Mais Lulu a pris peur en apprenant qu'elle faisait un petit reportage de rien du tout, au lieu des grandes investigations qui l'ont rendue célèbre. Elle a dû y voir le signe que Marletta était mise sur la touche.

– Je vois ! fit George. Alors, elle s'est dit qu'une bonne grosse affaire à scandale serait le moyen idéal de remettre sa patronne en selle.

– Exactement ! Du coup, elle a cherché à mettre toutes les chances de son côté. Elle a commencé par envoyer un mail anonyme à Thomas dans l'espoir de provoquer du grabuge de ce côté-là. Et puis, pour faire bonne mesure, elle a mis de la viande dans le chili. C'était quelque chose qui aurait forcément titillé Marletta ! C'est sans doute en opérant dans les cuisines qu'elle a laissé la petite boule de cheveux que j'ai trouvée sur la poignée du fourneau.

Bess fit observer en souriant :

– Sauf que tu as éventé l'affaire avant qu'elle ait pu attirer Marletta sur place et lui faire découvrir le prétendu scandale.

– Mmm..., fis-je. J'ai été bien servie par le hasard : si je n'avais pas été à la recherche de George...

Cela me fit penser que nous ne savions toujours pas, Bess et moi, pourquoi George s'était comportée si bizarrement depuis quelque temps. À mon avis, cela avait un lien avec le fait que Pasty l'avait reconnue ; mais je ne voyais pas en quoi… Je n'avais pas eu l'occasion de questionner George à ce sujet depuis sa énième réapparition ! Le moment était peut-être venu…

Mais, déjà, Bess reprenait :

– Bref, l'histoire des tortues marche, mais la police intervient avant que Marletta et son caméraman aient pu filmer grand-chose. Là-dessus, le coup du chili foire aussi, à cause de toi, Nancy. Elle a dû flipper, à ce moment-là.

Quand elle dispose de tous les éléments en jeu, Bess est toujours très forte pour sentir la psychologie et les motivations des gens.

– Oui, et c'est là qu'elle a commencé à céder à ses impulsions, observai-je. En fait, elle a osé tout ce qu'elle pouvait tenter sans se faire surprendre. Même augmenter la température d'un sauna ! Elle m'a dit qu'elle avait vu entrer Deirdre, et qu'elle a choisi exprès la cabine où elle se trouvait pour être sûre qu'il y aurait du ramdam.

Mes amies éclatèrent de rire, et George commenta :

– Sur ce coup-là, elle a mis dans le mille !

– Elle m'a avoué qu'elle avait essayé beaucoup d'autres choses, continuai-je. Des trucs que personne n'a remarqués : trafiquer l'huile de massage, intervertir des lotions dans les cabines de soins du visage... En fait, elle était si accaparée par ses petits tripotages qu'elle ne s'est pas aperçue tout de suite du bris de la vitre. Elle s'en est voulu, parce que Marletta est arrivée sur les lieux avec retard.

– Ça ne rime à rien, commenta Bess. Personne ne pouvait deviner ce que ferait Thomas.

– Elle s'est affolée, j'imagine. En tout cas, elle a compris que, si elle voulait atteindre son objectif, il lui fallait un truc à sensation. D'où son intervention au sauna. Pour ce qui est du reste, elle avait remarqué l'animalerie quand certains protestataires avaient manifesté devant. Elle savait qu'ils vendaient des insectes peu courants. Elle s'est arrangée pour y faire un saut en vitesse à l'insu de Mike et de Marletta. Son idée, c'était de répandre des vers ou des criquets. Mais, lorsqu'elle a vu les blattes souffleuses de Madagascar, elle a pensé que c'était encore mieux ! Elle les a lâchées dans un conduit et, là, elle l'a eu, son scandale !

– C'est sûr, fit Bess, réprimant un frisson.

– Quand je l'ai abordée pour la questionner, elle a pris peur, poursuivis-je. En fait, j'allais seulement à la pêche aux informations. Je croyais qu'elle avait pu remarquer quelque chose… Comme elle savait qui je suis, elle a dû s'imaginer que j'avais des soupçons à son sujet… enfin, je suppose.

Mes amies échangèrent un large sourire.

– Non, sans blague ? ironisa George. Elle se serait crue au pied du mur parce que Nancy Drew venait lui poser des questions ? Je ne peux pas le croire !

Je me sentis rougir, et me hâtai de continuer :

– Quoi qu'il en soit, elle a décidé de s'innocenter en se faisant passer pour une victime. Comme tout le monde était aux bains de boue, elle s'est persuadée que sa prétendue agression ferait croire que le criminel venait de l'extérieur. Ainsi, elle était hors de cause, et Marletta avait son scoop.

– Et, finalement, son plan a marché, fit Bess. Pour ce qui est du reportage à sensation, Marletta en a eu un sacré ! Son caméraman a tout filmé pendant que la police emmenait Lulu au poste. Tu parles d'un cinéma !

– Ça fera la une des infos ce soir, c'est couru, soupirai-je. Au fond, j'ai un peu pitié de Lulu.

– Je te comprends, dit Bess. Elle a commis des choses répréhensibles, et elle aurait pu nuire gravement à Tessa, mais ses actions partaient d'une bonne intention…

– Puisqu'on en est au chapitre des intentions, fis-je, j'aimerais assez avoir l'explication de certains comportements bizarres…

– Oui, moi aussi ! me coupa Bess.

Et, d'un même mouvement, nous braquâmes sur George des regards inquisiteurs. Un instant, celle-ci fit semblant de ne pas comprendre. Puis, comme nous continuions à la fixer, elle finit par craquer et nous dit avec un sourire penaud :

– Oh, bon, OK, OK. De toute façon, vous ne tarderez pas à être au parfum, puisque Patsy m'a repérée.

Prenant une profonde inspiration, elle lâcha :

– Il se trouve que je suis fauchée, en ce moment.

J'éclatai de rire en même temps que Bess, qui lança à sa cousine :

– Pas possible !

– C'est ça, paie-toi ma tête ! râla George. Il n'y a pas de quoi rigoler, je t'assure. Mon modem est nase, et, si je n'arrive pas à me faire un peu d'argent pour le remplacer, je serai privée d'Internet.

Nous nous esclaffâmes de plus belle. Sans sa

connexion à Internet, George ne se sent plus vivre !

– Et maman a refusé de compléter mon avance sur salaire pour le job que je fais dans son entreprise. Alors, il fallait que je trouve un moyen de gagner rapidement un peu de liquide, précisa George, qui était maintenant sur sa lancée. J'ai postulé pour tout un tas de boulots à mi-temps, y compris ici, à Hammam Diva. Pour éplucher des légumes à la cuisine. Ils ne m'ont pas répondu, alors j'ai pensé que je n'avais pas été retenue. C'est pour ça que je n'étais pas chaude pour venir ici. En plus, je ne tenais pas à tomber sur Patsy ou les autres employés des cuisines que j'avais vus lors de mon entretien.

– Ah ! m'exclamai-je, comprenant soudain le fin mot de l'affaire.

Cela expliquait pourquoi George n'avait cessé de détaler comme un chat effarouché. Et aussi pourquoi elle ne nous avait rien dit. Quelquefois, elle s'entête par amour-propre, et cela lui joue de sacrés tours !

Bess hocha la tête.

– Désolée que tu n'aies pas eu le job, dit-elle.

George haussa les épaules :

– Justement, si. Patsy vient de me l'apprendre. Je leur avais demandé de m'envoyer un mail de confirmation, mais mon modem à la noix n'a pas fonctionné. Je n'ai rien reçu, et ils ont engagé quelqu'un d'autre !

– C'est vraiment dommage, fis-je. Mais on pourra sûrement t'aider à dénicher un truc de remplacement, Bess et moi.

À cet instant précis, une porte de la salle des thermes s'ouvrit toute grande, et Deirdre entra en trombe, suivie par Tessa. Elle avait ôté son peignoir et ses pantoufles, et remis ses vêtements de ville.

– Nancy ! me cria-t-elle d'une voix inhabituellement réjouie. Grande nouvelle ! Tessa veut nous remettre une récompense !

– Nous ? fis-je. Toi et moi, tu veux dire ?

– Ben, oui ! répliqua-t-elle d'un ton impatienté. Je viens de lui apprendre qu'on avait travaillé ensemble, et elle veut nous donner trois cents dollars ! Cent cinquante pour chacune, quoi.

Un instant, je demeurai stupéfaite de constater que Deirdre s'arrogeait pour moitié le mérite d'avoir résolu l'affaire. Je me ressaisis vite : de sa part, cela n'avait rien de surprenant !

– C'est le moins que je puisse faire, glissa Tessa, souriante. Vous avez sauvé mon inauguration, les filles ! Il faudra un certain temps pour que les gens oublient l'histoire des blattes, mais, au moins, ils savent que la coupable est sous les verrous. Vous avez sauvé mon entreprise ! Merci beaucoup !

– De rien, lui dis-je. Mais je n'ai pas besoin de votre argent, Tessa. Cela m'a fait plaisir de vous aider.

– Ne sois pas stupide, Nancy, se récria aussitôt Deirdre. Tessa préfère nous remercier de ce service, fût-ce d'une manière aussi modeste. Elle se sentira mieux après, j'en suis sûre.

Elle se tourna vers la propriétaire de Hammam Diva et déclara avec un large sourire :

– Nous acceptons très volontiers votre don.

– Soit, dis-je avec calme. Merci, Tessa. Mais, si vous tenez vraiment à nous remettre une récompense, je suis d'avis que nous devons partager. Deirdre m'a beaucoup aidée, bien sûr…

Je décochai un sourire mielleux à Deirdre, puis enchaînai :

– Mais nous n'aurions jamais pu résoudre cette affaire sans Bess et George, ici présentes. Alors, si cela ne vous ennuie pas, nous diviserons la somme en quatre.

– Bien sûr, pas de problème ! déclara Tessa.

Elle consulta sa montre, puis, après nous avoir renouvelé ses remerciements, elle s'éloigna en nous lançant un au revoir.

– Génial ! exulta George. Merci, Nancy ! C'est *cool* de ta part. Je vais pouvoir m'acheter un nouveau modem plus tôt que prévu !

Quant à Deirdre, elle releva le menton d'un air dédaigneux, s'avança au bord du bassin de boue et, campant les poings sur ses hanches, elle siffla :

– Qu'est-ce qui t'a pris de partager avec *elles* ? Je ne me serais jamais donné tant de mal pour soixante-quinze misérables dollars !

– Estime-toi heureuse d'avoir quelque chose ! lui rétorqua George. On ne peut pas dire que tu te sois foulée… C'est Nancy qui a résolu l'affaire. Tu n'as rien à voir là-dedans !

– Y a pas de souci, George, m'empressai-je d'affirmer, dans l'espoir d'éviter que les choses s'enveniment. Deirdre a été très utile ; elle a mérité sa part de récompense.

– C'est vrai, m'appuya Bess, qui partageait sans doute mon avis sur les relations de Deirdre avec George. Il n'y a pas de quoi s'énerver. Profitons jusqu'au bout de ce bain de boue relaxant, OK ?

Nous avions beau déployer toute notre diplomatie, j'étais sûre que George allait continuer à s'en prendre à Deirdre. Pourtant, à mon grand étonnement, elle quitta sa mine coléreuse pour arborer un large sourire :

– Tu as raison, Bess. Et toi aussi, Nancy. Désolée, DeeDee… euh, je veux dire Deirdre. On fait la paix ?

Là-dessus, elle tendit la main à Deirdre. Celle-ci, soupçonneuse, commença par bougonner :

– Oui, eh bien, je persiste à penser que ni toi ni Bess n'avez mérité une récompense.

Puis elle fit tout de même un pas vers George et concéda en allongeant le bras vers sa main tendue :

– Mais, bon, je suis au-dessus de ces mesquineries !

– Bravo ! fit George en lui serrant la main. C'est super de ta part de *relever le niveau*…

Et, hop ! elle tira d'un coup sec. Deirdre perdit l'équilibre. Poussant un léger cri, elle vacilla vers l'avant et tomba au beau milieu du bain de boue !

Il y eut un gros rire (celui de George), des mouvements d'esquive (Bess et moi, bien sûr) et des hurlements – ceux de Deirdre, évidemment. Très vite, je me retrouvai avec Bess de l'autre côté du bassin, assistant à un curieux spectacle : Deirdre, couverte de boue de pied en cap et folle de rage, déchaînée face à George secouée d'un rire hystérique.

Bess me dit en riant :

– Il risque de se passer un sacré bout de temps avant que Deirdre accepte de nous aider dans une de tes enquêtes, Nancy !

M'essuyant la joue d'un revers de main pour enlever la boue projetée par les gesticulations de Deirdre, je répondis sur le même ton :

– C'est bien possible. Mais on se sera drôlement marrées en attendant !

FIN

# Extrait

Et voici une autre aventure
de Nancy Drew
dans

**VOL SANS EFFRACTION**

## Extrait

# 1. Le vandale frappe

Je m'appelle Nancy Drew et, d'après mes amis, je ne suis bonne qu'à provoquer les ennuis. Franchement, ça se discute. Moi, je dirais plutôt que ce sont les ennuis qui me trouvent ! On pourrait même croire que je les attire !

Tenez, la semaine dernière, par exemple…

Vendredi après-midi, en rentrant à la maison après avoir aidé à distribuer des repas aux sans-abri, je fus accueillie par un concert de hurlements.

– … et si personne ne fait rien, ça ira mal, c'est moi qui vous le dis ! tonnait une voix furieuse que je ne reconnus pas.

« Attention, Nancy ! » pensai-je, déjà en alerte. J'ai une sorte de sixième sens pour tout ce qui est bizarre ou mystérieux, et il me titillait déjà ! L'homme qui avait lancé ces mots était violent, presque désespéré, même. Il ne s'agissait pas d'une visite ordinaire, surtout par ce jour d'été paisible et nonchalant !

Aussitôt, je me précipitai vers l'endroit d'où provenaient les cris : le bureau de mon père. Papa veille sur moi depuis que maman est morte, quand j'avais trois ans. Je le trouve génial, et je ne suis pas la seule à être de cet avis ! Demandez à n'importe quel habitant de River Heights, notre petite ville du Middle West, de désigner l'avocat le plus honnête et le plus respecté : il nommera toujours Carson Drew ! Le cabinet de papa se trouve dans le centre-ville, mais il reçoit parfois ses clients dans son agréable bureau lambrissé, au rez-de-chaussée de notre grande maison.

Je m'approchai de la porte sur la pointe des pieds, renvoyai mes longs cheveux en arrière pour dégager mon visage et collai une oreille contre le battant en chêne. Mes copines appellent ça « espionner ». Moi, j'appelle ça « se tenir informé ».

J'entendis papa qui disait avec calme :

– Voyons, gardons la tête froide. Nous finirons par en avoir le cœur net, j'en suis sûr.

– Je l'espère bien ! maugréa le visiteur. Sinon, j'entamerai des poursuites ! C'est une violation de mes droits de contribuable !

J'essayai de l'identifier, car sa voix commençait à me sembler familière. Mais, tout à coup, un bruit de pas se rapprocha du seuil. Je bondis en arrière, juste à temps pour ne pas partir la tête la première alors que la porte s'ouvrait.

– Nancy ! s'exclama papa.

Et il sortit dans le vestibule en fronçant les sourcils. De toute évidence, il était contrarié de me voir dans les parages ! Un homme corpulent et bien vêtu lui emboîta le pas. Il avait des cheveux gris ondulés, plutôt en bataille, et son front était baigné de sueur.

– Tu connais Bradley Geffington, notre voisin, me dit papa en le désignant.

– Oui, bien sûr ! m'écriai-je, reconnaissant aussitôt le visiteur.

Bradley Geffington habite à deux pâtés de maisons de chez nous ; de plus, il dirige la banque locale où papa et moi avons chacun notre compte courant.

– Euh… enfin, je sais qui il est, rectifiai-je. Enchantée de vous voir, monsieur Geffington.

## Extrait

– Bonjour, Nancy, me répondit Bradley Geffington.

Il me serra la main d'un air distrait et préoccupé. Jetant un coup d'œil du côté de mon père, il lança :

– Je n'aurai de cesse de découvrir le fin mot de cette affaire, Carson ! Si Harold Safer est à l'origine des dégâts commis dans ma propriété, il me le paiera, je vous en donne ma parole !

J'eus un mouvement de surprise. Harold Safer est lui aussi un habitant de notre paisible quartier, situé en bordure d'une rivière ombragée d'arbres. C'est lui qui possède la crémerie du coin. S'il est un peu excentrique, il a bon naturel, et les gens l'aiment bien.

– Excusez-moi, monsieur Geffington, dis-je. Si je puis me permettre de vous poser la question… que vous a fait M. Safer ?

– Tu n'as pas à t'excuser, déclara Bradley Geffington en haussant les épaules. Je tiens à ce que tout le monde soit au courant ! Je veux que personne n'ait à subir la même catastrophe que moi ! Il a massacré mes courgettes !

Je ne m'attendais vraiment pas à une accusation de ce genre !

– Vos courgettes ? fis-je. Euh… comment ça ?

## Extrait

– Oui, Bradley, si vous racontiez toute l'histoire à Nancy ? glissa papa. C'est elle, la détective amateur de la famille ! Elle pourra peut-être vous aider à éclaircir la situation. Nous verrons ensuite comment procéder à partir de là.

Papa était perplexe – mais il fallait le connaître aussi bien que moi pour s'en apercevoir. Il prend toujours ses affaires très au sérieux, car il sait que ses clients comptent sur son aide dans les mauvais moments. Après tant de célèbres affaires judiciaires, d'importants procès et de récapitulations primordiales devant les grands jurys, il devait être stupéfait qu'on veuille le charger d'entamer des poursuites pour une banale affaire de *courgettes* !

Bradley Geffington ne parut pas en avoir conscience, heureusement ! Il commença d'un air songeur :

– J'ai effectivement entendu dire que Nancy a un certain talent pour résoudre les mystères… Alors, pourquoi pas ? Voici les faits. Mardi après-midi, je possédais encore dans mon jardin un magnifique carré de courgettes. Cinq plants. Plus d'une douzaine de superbes légumes mûrs à point, bons pour la poêle à frire. J'avais presque l'impression de sentir sur ma langue le goût des beignets bien dorés…

## Extrait

Il se pourlécha les lèvres en joignant les mains, puis secoua la tête d'un air désolé.

– Que s'est-il passé ? lui demandai-je.

– Eh bien, mercredi matin, je suis sorti arroser mon jardin avant d'aller au travail, comme d'habitude. Et, là, j'ai vu mes courgettes ! Enfin, ce qu'il en restait…, rectifia-t-il d'une voix navrée. On aurait dit qu'on les avait écrasées à coups de massue. Il y avait des lambeaux et des morceaux verts partout !

– C'est scandaleux ! m'exclamai-je.

Cela avait tout l'air d'un acte de vandalisme. Cependant, je ne voyais pas pour quelle raison on aurait pris la peine de massacrer des plants de courgettes !

– Qu'est-ce qui vous fait penser que M. Safer est le coupable ?

Bradley Geffington leva les yeux au ciel, puis déclara :

– Depuis le début de l'été, il n'a pas arrêté de se plaindre et de ronchonner. À ce qu'il paraît, mes échalas de tomates lui bouchent la vue et lui gâchent ses satanés couchers de soleil.

Je réprimai un sourire. En plus de l'étourdissante variété de fromages qu'il vend dans sa boutique, Harold Safer est connu en ville pour ses deux marottes : les comédies de Broadway et les couchers de soleil. Il part dans l'Est, à New York, deux fois par an et y passe une quinzaine de jours pour voir à Broadway tous les spectacles possibles. Il a aussi fait construire à l'arrière de sa maison une immense véranda avec vue sur la rivière, dans le seul but de contempler chaque soir le soleil couchant derrière les collines.

Harold Safer a aussi la réputation d'être bon et sensible. Il va même jusqu'à remettre dans l'herbe les vers de terre égarés sur le trottoir de sa maison, après la pluie. Je ne le voyais vraiment pas en train de massacrer quoi que ce soit, et surtout pas le jardin d'un voisin !

– OK, dis-je prudemment. Mais, si ce sont vos tomates qui le dérangent, pourquoi s'en serait-il pris à vos courgettes ?

– Je n'en sais rien ! s'écria Bradley Geffington. C'est toi, la détective ; à toi de trouver pourquoi. Tout ce que je sais, c'est que ma récolte de courgettes est fichue, et qu'il est le seul qui ait pu la détruire !

Il consulta sa montre et soupira :

– Il faut que j'y aille. Ma pause déjeuner est presque finie, et je voudrais passer à la jardinerie, pour voir s'il leur reste des plants de courgettes.

## Extrait

Papa le raccompagna avec moi jusqu'au seuil. Puis, ayant refermé la porte derrière lui, il me demanda :

– Tu veux bien t'occuper de ça, Nancy ? C'est une affaire un peu idiote, je te l'accorde. Mais cela m'ennuierait que deux bons amis se fâchent pour une histoire aussi ridicule !

Sur ce point, papa avait raison. De plus, s'il y avait vraiment, dans le voisinage, quelqu'un qui se baladait avec une massue, prêt à écrabouiller va savoir quoi, il valait mieux découvrir qui c'était et ses raisons d'agir !

– Je ferai de mon mieux, promis-je. Bess et George vont arriver d'une minute à l'autre. On devait faire du shopping, mais elles seront ravies de mener une petite enquête à la place, j'en suis sûre !

Comme à point nommé, la sonnette d'entrée retentit, et je me dépêchai d'aller ouvrir. Mes deux meilleures amies apparurent dans l'encadrement.

Bess Marvin et George Fayne ont beau être cousines, elles ne se ressemblent pas du tout ! Chaque fois que je les vois, je n'en reviens pas. Bess est blonde et pulpeuse, et elle a des fossettes ravissantes. En fait, sa photo serait idéale pour illustrer le mot « féminine » dans un dictionnaire :

elle raffole des bijoux et sait mettre sa beauté en valeur; son armoire regorge de vêtements sympa et de tenues chic. George, c'est tout le contraire! Elle a un physique anguleux, athlétique, des cheveux noirs coupés court. Elle se fiche des bijoux, et son vêtement préféré, c'est le jean. Gare à ceux qui l'appellent par son vrai prénom, Georgia. Elle a vite fait de les remettre à leur place!

Papa les salua toutes les deux, puis se retira dans son bureau. Bess et George me suivirent dans le séjour, tandis que je leur exposais rapidement l'affaire des courgettes écrabouillées.

– C'est une blague, ou quoi? me lança George avec son franc-parler habituel. Ne me dis pas que tu es en manque de mystères au point de vouloir enquêter sur un truc pareil!

Quant à Bess, elle commenta avec un petit rire:

– Ne sois pas trop dure, George! Cette pauvre Nancy n'a pas eu le moindre petit cambriolage ou kidnapping à se mettre sous la dent depuis... combien?... au moins quinze jours! On ne peut pas lui en vouloir!

– OK, ce n'est pas une vraie affaire, concédai-je en souriant. Mais j'aimerais quand même découvrir de quoi il retourne avant que M. Geffington et M. Safer se brouillent pour de bon. Vous imaginez la cata, s'ils se faisaient un procès pour une chose aussi idiote ?

– D'accord là-dessus, admit Bess.

– Vous allez m'aider, alors ? lançai-je.

Bess eut l'air déçu : elle adore faire du shopping ! Mais elle finit par sourire en affirmant d'un air décidé :

– Évidemment !

George hocha la tête, en ajoutant avec un sourire en coin :

– En plus, cette super enquête sur le Tueur de Légumes éloignera peut-être Nancy des *vrais* ennuis !

***

Quelques minutes plus tard, nous nous retrouvions confortablement assises dans l'élégant living de Mme Cornelius Mahoney, avec deux autres voisines, Mme Thompson et Mme Zucker. Mme Mahoney habite au bas de la rue de Bradley Geffington. Quand nous nous étions présentées chez elle, elle nous avait aimablement invitées à entrer, pour être à l'abri du soleil et prendre un thé avec ses invitées.

Elle déposa devant nous un plateau, et ses yeux noisette brillèrent de bonté sous sa frange grisonnante.

## Extrait

– Voilà, les filles, nous dit-elle de sa voix frêle et aiguë. Un bon thé glacé pour vous désaltérer. Ne vous gênez pas pour piocher dans l'assiette de cookies, surtout.

George ne se le fit pas dire deux fois : elle tendit la main pour rafler une poignée de cookies dans l'énorme plat de biscuits maison disposé sur la table basse en acajou.

– Si c'est ça, le travail de détective, j'adore ! me chuchota-t-elle.

George peut dévorer autant qu'elle veut, elle ne prend jamais un gramme ! Elle garde sa silhouette élancée, au grand agacement de Bess.

Ellen Zucker, une séduisante et souriante trentenaire, s'adressa à moi en sucrant son thé.

– Alors, Nancy, ton père et Hannah vont bien ? Au fait, tu remercieras Hannah pour son excellente recette de… Ah, zut ! Excusez-moi une seconde !

Elle se leva et s'élança vers la fenêtre ouverte pour crier à son fils :

– Owen ! Tu peux jouer dehors à condition de rester à l'écart de la route, compris ?

À suivre dans *Vol sans effraction,*
Nancy Drew Détective n° 1

1. Vol sans effraction
2. Seule face au danger
3. Un piège pour Leslie
4. Danger en plein ciel
5. Action !
6. Disparitions en plein désert
7. Mission au Costa Rica
8. Sabotage !

*Impression réalisée sur CAMERON par*

*La Flèche*
*en juin 2007*

*Imprimé en France*
N° d'impression : 42177